新編 忍城春宣詩集

Oshijo Harunobu

新・日本現代詩文庫

166

土曜美術社出版販売

新・日本現代詩文庫　166

新編忍城春宣詩集　目次

詩篇

未刊詩集『富嶽群青』全篇

未刊詩集『富士山登山道』全篇

未刊詩集『須走素描』全篇

未刊詩集『須走びと』全篇

未刊詩集『老爺《じっ》つぁんの詩《うた》』全篇

解説

装画／嶋　治子

詩篇

忍城春宣　印

天の川が　手で掬《すく》えそうな
ネジ花の螺旋《らせん》階段を
蟻ん子のような行列がぞろぞろ
ぞろぞろぞろと富士山の天辺までつづく
ああ　みんな星になりたがっている

「富士登山」より

小山町須走の自宅に建つ、同窓生・地元有志から贈られた忍城春宣詩碑。縦82㎝、横70㎝の黒御影石。台座は四国石。

富士のふところに抱《いだ》かれた
須走の里のわさび沢小屋で
涌水仕込みの生粉《きこ》打ち蕎麦《そば》をすする
細かい格子の虫籠《むしこ》窓《まど》から
糸を縒《よ》るような　せせらぎが聞こえる

忍城春宣

「わさび沢小屋」より

小山町須走の滝口わさび園に建つ、同窓生・いとこから贈られた忍城春宣詩碑。縦123cm、横150cmの箱根石。

富士山　一

近づくと
富士山が
詩であることに気づく

富士山　二

目をつぶると
富士山の
すべてが
詩となってゆく

真珠富士《ぱーる》

富士山の
てっぺんに
満月が
行儀よく坐っている

光富士《てかり》　一

峰向こうの
突兀《とっこつ》富士の
切っ先に
赤茶斑《まだら》の夕陽が
突き刺さり光っている

光富士　二

山小屋の
迫《せ》り出した茅《ちがや》の
風囲いのテラスで

ヨーグルトケーキに
舌鼓ながら
珈琲《モカ》を喫む

スプーンに
富士山の
初冠雪が光っている

素裸《すっぱだか》富士

夕陽に
頬を赤らめた
幼《いと》けない
山少女《おとめ》のよう

恥じらいながら
須走高原に
屹立《きつりつ》する
素裸富士

熟柿富士

丘のうえの

収穫の終えた柿畑に
富士山が見え隠れしている

富士山の
右肩に　一つ
熟柿がくっついている

柿富士

今朝おきたら
畑の見守《きまぶ》り柿が
なくなっている

誰にも
手の届かぬ
末枝《ほつえ》のでっかい次郎柿だ

昨夜《よんべ》
富士にこっそり
盗《や》られたらしい

強請《ねだ》り富士

縁側に
坐って
柿を喰っていると
　ひいよ
　ひいよよ
白頭鳥《ひよどり》に
強請られる

そんなに

美味《うんみ》ゃぁなら
わしにも喰わせろ
富士にも
強請られる

夕栄《ゆうば》え富士

旅客機が
天《あま》が紅《べに》を
曳きながら
尾根
伝いを
滑っていく
裾廻《すそみ》古道の

国境《くにざかえ》
籠坂峠
天空に
耀《かがよ》う
夕栄え富士

茜富士

夕照《せきしょう》の
塒《ねぐら》に
向かう
嘴太鴉《はしぶとがらす》の群れ
北の国から
来たという

旅びとの胸を
羽音《はおと》がたたく

街道の
両側に
続く
低い家並み

すぐ後ろ
のっぽり
聳峙《しょうじ》立つ
茜富士

蜻蛉富士

富士山の
頂上まで
避暑に舞ってきた
夕焼と見紛う
赤蜻蛉の大群

金柑《きんか》富士

夕明かりの
赤く光った
金柑頭

笠雲が
まぶしがっている

兀立富士《こつりつ》

裾廻路《すそみじ》が
雲海に
煙っている

濃霧のなかを
彷徨う
兀立富士

頭だけが
茜に
燃えている

赤い
かんかん帽
冠っている

紅富士

東雲《しののめ》の
引き明け空に
陽炎が

籠坂の
峠向こうに
紅富士が

いま
須走は
雲海《くも》のなか

赤富士

富士山の
頂辺《てへん》から
夕陽が

手筒花火のように
燃えながら
転げていった

赤富士に
怪我は
ないか

辷《すべ》り富士

日の玉が
富士山の右肩から
辷り落ちた

猟師に
撃たれたか
救急車は必要ないか

落下富士

時雨がやみ
中天に　虹がかかり

虹橋に
富士が坐っている
虹が
消えた瞬間
富士が
まっ逆さまに
虹橋から
落下した

刃境《はざかい》富士

夕陽が
西にまわると
富士が眩しい
日の玉が刃境に
滑り落ちるまで
確《しか》と我慢するしかない

斜陽富士

アンパンマン
そっくりな
夕陽が
富士山の
天辺に坐っている
と思いきや
天空の

国境から
一瞬にして
消えた

関所
破りのような
勢いで
甲斐のくにへと
消えた

須走富士

どこから
見ても
須走富士は
いい顔している

いい顔だから
里びとも
旅びとも
みないい顔になる

富嶽群青

高原に
屹《きりっ》と立つ

富嶽
群青

口元の
涙をぬぐう

陽炎《かぎろい》富士

東《ひむが》しの
尾根に
暁《あかとき》降《くた》ちの
かぎろいが
立ち

かぎろい
富士に
みなが
合掌し
涙を垂れている

群青富士

尾根が
恐竜のように
登山道に覆いかぶさり
富士山に這い上がろうとしている

おおいっ　いつまで俺《おりゃぁ》
こんな芸当していなきぁ
ならないんだよぅ

恐竜尾根が
群青富士に吼えている

釣り富士

富士山が
天の川で
釣りをしている

釣糸が
流れ星のように
耀《かがよ》いながら
銀河に垂れている

外方《そっぽ》富士

糸月が
天の川を
遊《およ》いでいる

深みに
はまって
富士に助けを求めている

富士は
外方を向いて
知らぬふり

風待《かぜまち》富士

富士山の
てっぺんに
風待月が

月のなかから
うさぎ雲
とび出し

天の川を
ひとまたぎし
消えた

空の
何処《いずく》から
朧《おぼろ》の楽曲《しらべ》

麓の
里の
鄙《ひな》唄か

満天富士

織姫と
彦星の
逢瀬川

すぐ
わきに
愛逢月《めであいづき》

指窓から
満天の
富士仰ぐ

浮富士　一

山彦の
相響《あいとよ》む
露天風呂に
浸って

浮富士と
地酒で
乾盃
する

浮富士　二

湯船に
揺蕩う
浮富士に

独り言《ご》つ
果敢無《はかな》しと
知りながら

没分暁漢《わからずや》の
屁理屈《へりくつ》を
聞いてもらう

霞富士

斑雪《はだれゆき》が
鎮もり

霞富士が
さゆらぎながら
顔を曇らせ
潦《にわたずみ》に浮いている

天女富士

氷雨《ひさめ》が
やっと止み
氷面鏡《ひもかがみ》に
ひいらら
天女
富士が

まっ逆さまに
泳いでいる

水溜まり富士

水溜まり
富士を
とび越えたら
　わしの頭を
またぐでない
どやされる

復りみち
水溜まり
富士を

そっと
よけて通る

溺《おぼ》れ富士

集落の
低い尾根の
連なりの彼方に
駿河灘が光っている

あ　海中《わだなか》に
富士山が溺れている
誰か　漁師がいたら
富士《やっ》を手助《たす》けてやってくれい

海中富士《わたなか》

尾根の
撓《たわ》みの
日溜まり

鰯雲《いわし》が
おいしそうに
泳いでいる

鰯雲の
ずぅっと
遥か向こう

北斎の
海中富士も

泳いでいる

軍艦富士

四方に
高い峰がないので
地元衆は
富士山を
海坊主とよぶ

低い峰々は
小波で
わたしには富士山が
雲海に浮く
軍艦に見える

軍艦の
波路には
低い峰々が
人魚のように
波間を浮き沈みしている

化粧富士

彼岸
中日の
暁方《あけがた》
あまりの寒さに
とびおきる

ガラス越しに
初雪かぶった

化粧富士が
小っ恥ずかしそうに
頭をぺこんと
下げるではないか

芙蓉富士

今朝も
窓いっぱいの
芙蓉の白峰に
寝顔をのぞかれる

天空富士

山里の
ちょうちん坂の
その向こう

浅間
鳥居の
すぐ後ろ

須走
街道の
どまんなか

どっかと
鎮座する
天空富士

蓬莱富士

だれも
呼ばねど
須走空に
　ひらり
　　ちいらり
舞ってきた

廻り
廻って
雪虫か　風花か
　　ちらり
　ひいらり
やってきた

ことしも
白い帽子《シャッポ》の
蓬莱山より
　ひい　らら
　　ちい　らら
降りてきた

鳳鳥《ほうちょう》富士

大鳥居の
笠木に
止まって
一啼きする

今にも
天空に

羽撃《はばた》かんとする
鳳鳥

綿菓子富士

暁方《あけがた》の
上空に浮かんだ
美味しそうな
綿菓子雲

富士山の
首根っこを取り巻いている
　こんなにはもう
食べられないよ

冠雪富士

夕陽に
頬をほんのり
赤らめた
冠雪富士

わたしに
ぺこんと頭を下げ
体裁《きまり》わるそうに
立っている

白頭《しらつむり》富士

富士山の

旭を浴びて
みなの顔が赤い

赤い顔が
土手にならんで
白頭に手をふっている

白無垢富士

稲田で
婆さまが
稲子といっしょに
跳ねている

稲架《はさ》向こうで
白無垢富士も
跳ねている

角隠し富士

朝晩急に涼しくなった
昨日まで猛暑が続いていたのに
残暑見舞を出した友人へ
急いで取消し葉書を出す

おはぎを頰張りながら
窓を開けると
富士山のてっぺんが白い
簞笥から出した替着《かえぎ》がよろこんでいる

兜富士

籠坂の
峠向こうに
不貞腐れた
兜富士が
突っ立っている

写真機《カメラ》を
向けるが
兜富士には
恐がって
誰も近寄らない

不貞腐れ富士

一晩中
洗いざらしの
浴衣のような
不貞腐れた富士山が
窓の外で地団駄踏んでいる
木枯しが富士山を揺さ振っている

わたしと目が合うと
没分暁漢《わからずや》富士は
赤目《あかんべ》してわたしを
揶揄《からか》うではないか

糞、給料前の
ちっとも面白くもない晩だ

こんな詩しか浮かばない

獅子富士

夕霧の
立つ街の
後方《しりえ》
雲間から
にょっこり
顔出し
登山者が
ぎょっと怯える
獅子富士

鼾《いびき》富士

ゆんべは
　しんしん
　　しんしん
雪積む
静かさで
一睡もできなかった
今朝は
雪熄《や》んで
お天道さん顔出した
　富士め
鼾かき

まだ眠っている

巇《しゃく》り富士

高原の
とおくで
夕影鳥《ホトトギス》が

鎮守の
風の杜に
郭公《かっこう》が

小夜《さよ》時雨の
雪の果《は》たてで
筒鳥が

雲間から
富士が
にょっこり

さむしくないか
たずねると
拗《す》ねながら

さむしくない
さむしくないよ
巇りあげる

小富士

小富士は
誕生《うま》れた時から

親富士とは
離ればなれに
暮らしている

ちょびっとでも
いいから
親富士のそばで
　甘えたい
　甘えたいよ
おねだりしている

親富士

五合目の
丘の半ばで
裸足になって
スコリアを踏みしめる

片膝を折り
身を屈めて
親富士に対って
深ぶかとお辞儀しながら

背中の
空っぽのリュックに
夕陽を一杯つめ込み
急いで山を下りる

大雪《たいせつ》富士

麓の田植の
終わった青田に

ゆんべ積もった
大雪富士が浮く

地元では
寒《さぶ》さに震え
せっかく仕舞った
暖房器具を取り出したりする

静《しずか》富士

午前《ひるまえ》から
冷え込むと思ったら
道理で
富士のてっぺんが
霞んでいる

簾霞《すだれがすみ》の
御座所《おましどころ》に
静御前が
膝を折り曲げ
坐っている

雲表《うんぴょう》富士

曇り霞の
早朝　窓を
開けると
にょっこり
頭を雲の上に乗せた
雲表富士と目が合う
富士《やっ》は

我が家を見下ろしながら
わしの方が
お前さんより
ずっと早起きさ
なんて自慢する

朧《おぼろ》富士

峰の撓《たお》りを
のったり
雲がゆく

どこからか
山桜の葩《はなびら》が
吹きこんでくる

宿の二階の
肘掛け窓に坐り
朧富士を見る

あるかなしかの
墨絵ぼかしの
富士を見る

雫《しずく》富士

濃霧が
逆巻き
信号機が　戸惑い
べそをかいている

夕霧は

富士山の
甘《あん》みゃぁ
雫だ

影富士 一

世界一の
日時計だ

影富士 二

道端に
しゃがみこむと
影富士がやってきて
わたしをかかえこむ

どこか悪いとこないか
腹すいていないか
聞く

めぐんで
くれるでもないのに
金
あるか
などとも聞く

軀の悪いとき
給料前の
すっぴんぴんのとき
いつもそうだ

わたしは
彼のごきげんを

とったこともないのに
わたしの心配ばかりする

黒富士

大雪がきそうな夜
外に出るのを見あわせて
部屋にじっとちぢこまって
天井を眺めていると
雪のほうが今夜は
気をきかせて熄《や》んでくれた

凍りついた窓を無理矢理押しあけると
満天の星空に図体ばかりが大きくて
糞の役にもたたぬ黒富士が浮いている
富士《やっ》め

私の部屋をこっそり覗いているではないか
軒先に吊るした干柿
ことしはみんな小鳥にやられたが
何とか一つだけ喰えそうだ

逆さ富士

深夜
湖尻茶屋の畔で
一人ちぢこまって
辛抱強く待った
甲斐があった

風の熄んだ
山中《やまなか》の湖面に

金銀瑠璃《るり》
玻璃《はり》らの七宝が
一つも欠くことなく
ひちめきながら
耀《かがよ》うのに出会う

撮った
写真機《カメラ》をのぞいて吃驚《びっくり》
湖面に
ふたご座と逆さ富士が
目をぱちくりさせながら
わたしに囁《ささめ》くではないか

古里富士

雲の
果たての
山端に
頭だけが浮く
古里富士

十七歳で
東京に出て
初めてもらった給料《ギャラ》
給料袋を空にかざして
富士に報告する

遠くの
山脈《やま》の
空方《そらざま》に
満面の笑みで
富士が
　そうか　そうか

と頷く

搦《から》め富士

目と鼻の先の
近間《ちかま》にあって
何時《いつ》も事《ごと》
看視《み》られている

わたしが誕生れる前から
両親のことも
御先祖様のことも
こと細かによく知っている

もうどうにもこうにも
雁字《がんじ》搦《がら》めになっていて

死ぬまで富士からは
逃げられませぬ

笑って
泣けて
勇気をもらえる
そんな富士

撃たれ富士

高原で
夜っぴて
　うおん
　うおぉん
　うおおぉん
お腹かかえて泣いている

山肌を
火炎放射で焼かれ
戦車や戦闘ヘリに
何百発もの弾丸を
土手っ腹に撃ち込まれ
悲痛に噦《しゃく》り上げる富士山

平然と
演習部隊が
戦車を連ね
轟音を響動《とよ》もしながら
森の奥地の陣営に帰ってゆく

踠《もが》き富士

日溜まりの
縁側に坐って
竹の子皮で包んだ
茅巻《ちまき》を頬張る
富士を見ながら

夏登山が
やれやれやっと終わり
富士高原は
これで静寂《しずか》になった
と思いきや

束の間
野外演習が始まった

これでもか　これでもか
高原富士に
砲弾を撃ち込んでいる

茅巻噛みしめ
ボロボロに
傷ついた富士を見る
踠き苦しむ
悲痛な富士を見る

祈り富士

土地の
小店《こだな》のおかみが
山小屋の灯に向かって佇っている

富士《やま》で
息子と夫を失くした
悲哀《かなしび》に眩《く》れている

今年こそ
遭難者がでぬよう
雪崩が起きぬよう
富士が怒らぬよう

浅間さんの
背《せな》に立つ富士に向かって
深々と頭垂《こうべ》れ
合掌《いの》っている

夕陽が
富士の傾《なだ》りに坐って
項《うなず》突いている

厚雲富士

長続きの
雪が急に熄み
昼過ぎから
人通りが多くなった

近くの店に
買物に出るひと
たまった用事を
済ます土地《ところ》のひと

天気予報の
猛吹雪がくる前に
独楽《こま》鼠《ねずみ》のように
息急き切って
汗だくになって
里びとが
駆けずり
回っている

ああ　富士ときたら
厚雲かぶって
もう一週間も
眠り惚けたままだ

至福富士

西陽が
窓から畳の上に落ちる
庭の百日紅《さるすべり》が

濃い桃色の花を咲かせ
表通りからは季節はずれの
葦簀《よしず》売りの声がする
蟬時雨が八釜しいので
まだまだ暑さは続くだろう

この夏も早いもんで
明日からは九十九折《つづら》の
山小屋の灯が消え
富士登山も終わりになる
ああ　わたしは
あと何回　幾度
この夏富士を眺められるだろう
指折りして数えてみる

未刊詩集『富士山登山道』全篇

富士山登山道　一

これから
富士の
山懐《やまふところ》に

抱かれようと
背負袋《リュック》の紐を
しっかり握り締める

目を閉じ
富士山《おやま》の
山肌に対かって

ねんごろに
頭《こうべ》を垂れる
登拝者

富士山登山道　二

登山道入り口で
だれにも入山させまいとして
雲霧が逆巻いている
大蛇がとぐろを巻くように

登山者が
頬を強張《こわば》らせ
不敵な笑みを浮かべながら
へらずぐちをたたいている

なんだ　こりゃ
とうせんぼなどして
いったいこいつら
どこから湧いてきたんだ

富士山登山道　三

濃霧で
頂上が見えない

が　一つだけ
軒行灯《のきあんどん》のような

山小屋の灯が
闇に浮いている

富士山登山道　四

山小屋の
灯が　うらり
うら　うら
雪洞《ぼんぼり》のようにゆれている

やがて　灯は
東雲空《しののめぞら》に
月見花のように
溶け失せていく

狩休《かりやす》から
双眼鏡をのぞくと
蟻のような行列が
富士にすがって登っていく

富士山登山道　五

あざみ峠の
枝道で
瓜坊を連れた
猪の家族に
道をゆずる

母猪《じし》に
　すまないねぇ
頭を下げられる

富士山登山道　六

スコリアみちで

好好爺のような
顎鬚をたくわえた
氈鹿《かもしか》に　にったり
お辞儀をされる

富士山登山道　七

霧の帳《とばり》を
引き裂く
演習場の
大砲《おおづつ》の響動《どよ》めき

氈鹿の番《つがい》が
一瞬
岩棚から
脚を滑らせる

富士山登山道　八

登山者の
落とし物が
ごろごろしている
雲霧神社の
階《きざはし》で
茸を喰らう
猿《ましら》の群れに出会う

富士山登山道　九

蟻の大群が
蝶の屍体《したい》をかついで
登山道を

わいさ　よいさ
よいさ　わいさ
登っていく

富士山登山道　十

手遊《てすさ》びに
岩滓《スコリア》みちの
傾斜《なぞえ》を指で掘ってみる
鰻《うなぎ》のような
長い山芋《なあが》が　ぞろり
ぞろり何本も出てきた

富士山登山道　十一

富士高原に
避暑に来ていた
赤蜻蛉の群れが
また
　来年おいで
袖振草《そでふりぐさ》に見送られながら
一斉に下界に還っていく

富士山登山道　十二

紅葉路《もみじみち》の
岩間から
湧き出る

山の井を
掌《て》で吸うと
富士山の味がした

富士山登山道　十三

弦に
からまった
通草《あけび》が
　げえ　げえ
踠《もが》き悶《もだ》えている

富士山登山道　十四

通草の実が
林のなかにぶら下がっている
ああ　つかれた
これでやっと
　弦から解放される
通草に感謝される

富士山登山道　十五

谿《たに》向かいで
長い睫毛の
合歓《ねむ》の花が　夕陽と
瞳をぱちくりさせながら
云い争いをしている
　瞳なら私《あたい》のほうが
ずっときれい

お互いが自慢している

富士山登山道　十六

木の根みちで
顔に糞《ふん》をかけられた石仏が
泣きべそをかいている

渡り鳥が
羽を休めるのに
丁度似合わしい石頭だ

石頭が白く
糞塚になって
光《てか》っている

富士山登山道　十七

藪漕《やぶこ》ぎながら
夕星《ゆうつづ》を便りに
登山道を探す

やっと暁降《あかときくた》ちの
もとの登山道に出合い
ほっとする

闇富士が
赤目《あかんべ》して
わたしを揶揄《からか》う

富士山登山道　十八

峰風が　すたすた
ひとりで　すたすた
吹いている

登山道の
其処彼処に
下山することなく

すたすた
そう　すたすた
旧登山道を登ってゆく

富士山登山道　十九

閉山近い
登山道

山風が
　うおん
　うおおん

淋しみに
泣いている
山姥《やまんば》の
嘯《しゃく》り泣きだ

富士山登山道　二十

頂上
ま近な
森林限界の辺りから
雲が湧き

手前の
杣山《そまやま》の
崖からは
霧が逆巻き

そそけ立つ
地鳴りが
起こり
荒《すさ》ぶ

登山者を
追い出すかのような
　帰れぇ　帰れぇ　帰れぇぇ
とも聞こえる

気が済むまで
一向に止まない
山姥の
泣き節だ

富士山登山道　二十一

果てしない
迷路に
出合い

尾根に
向かって
歩む

草叢に
隠れた
けものみち

霞と
雲が遊ぶ
けものみち

富士山登山道　二十二

峰《お》向かいの
爪先坂を
登って行くと
ボウ
ボウゥ
山鳥が啼く

ここからは
熊が出るから
あぶないよ
山鳥がほろを打ち
ボウ
ボウゥ
わたしに知らせにくる

何をほざくか
小石を蹴り
山鳥を追い払うが

ほんとに
ほんとにあぶないよ
　ボウ
　ボウゥ
追ってくる

富士山登山道　二十三

尾根の半《なか》らで
木の子採りの
山袴《もんぺ》を穿《は》いた媼《おうな》

ゆらゆら　ゆらら
火《ほ》の穂のように　耀《かがよ》う
群青峠を眺めている

媼は谿底を流離《さすら》う
自分の影にちょっぴり
声をかけている

鳥渡《ちょっと》ばかり
自分より若やいだ影に
千切れんばかりに手を振っている

富士山登山道　終章

昼近くから
駒止松路を辿る
夕月峠を越え
藤原光親卿墓所から
頂上を目指す

笹藪に入り
杣道《そまみち》を探すが
尾根坂が岩盤の崩落で
途中で途絶えている
峰辺《みねべ》の谿間が靄《もや》って
目先がきかない

遠くで
九十九折を行き交う
車輛の音をたよりに
やっとこさ谿間から這い上がる
闇の山中にとり残されずに
最終バスに拾ってもらう

リュックに
用意してきた
水筒とむすびが
そのまま呑まず喰わずに残っている
バスの乗客はわたしだけ
運転手が鏡《ミラー》の中のわたしを視ている

夕月峠　一

何処《いずく》のくにの
何処のひとが

何れの年の
何れの月に

何れの日の
何れの時刻《とき》に

名づけたか

夕月峠　二

この九十九折の
夕月峠への古道は
誰もが通りたがらない　けものみち
あまりにも
登りのきつい難所だから

何度も
胸突き八丁の
急な岩群《いわむら》を
折れ曲がりながら
甲斐のくにへと向かっている

夕月峠　三

峠に立つと
眼下にたまごのような
肌のきれいな丘が見え
その丘の脇の
曲がりくねった白い道を
すこしばかり
雪をかぶった路線バスが
先の見えない勾配に向かって
声をかけている

夕月峠　四

夕栄《ば》えの

この時刻には
かならずといっていい
風花が約束のように
きらぎら　舞う

峰向こうの
突兀《とっこつ》富士の
切っ先に
熟柿斑《じゅくしまだら》の夕陽が
突き刺さり光《てか》っている

木の根に坐って
目を瞑《つぶ》ると
道に迷った瓜坊が
馬の背古道を蹌踉《よろぼ》いながら
しょろしょろゆくのが
目間《まなかい》に浮かぶ

赤い帽子がお似合いの
詩人新藤涼子によく似た媼《おうな》が
枝折り棒を突きながら
夕月峠を下りて来《き》
深ぶかと辞儀される

夕月峠　五

まだ年端もいかない
薄墨衣の修行僧が
網代笠の縁に手をやり
重い鉛空を仰いでいる
日焼けした切れ長の目に
笑みを浮かべながら

夕月峠の小堂の
賽銭箱に小銭を投げ入れ
吊り縄を振ると鈴の音が
深い谿間に谺する
富士傾《なだ》りに陽が落ち
雨雲が近づいてきた
山蛙が騒いでいる

長い影を引きながら
修行僧は野づかさを
足速に門前町まで下りてゆく
今宵はこの地に止宿して
明日は山鄙の町を行乞《ぎょうこつ》するのか
遠い峰の果てに
薄虹が架かっている

夕月峠　六

甲斐のくにから
籠坂を滑ってきたのか
薄墨の法体装束《ほっていしょうぞく》に
身を包んだまだ年延《としばえ》もない
紅顔の旅の托鉢僧
夕月峠に立ち
落日を眺め　たそがれている

一向に止まぬ
他所《よそ》のくにの戦争《いくさ》の終結《おわり》と
拙僧の旅の安穏を祈念するのか
夕陽に深々と頭《こうべ》を垂れている
読経が峠道を這い
揚雲雀《あげひばり》が空の高くで唱っている

山鳥が雲雀を真似
ホロホロ　口舌《ぐぜ》っている

茜空を遊泳《およ》ぐ
雑魚《ざこ》の群雲に気づくと
日焼けした托鉢僧の顔が
ようやく和み綻《ほころ》んだ
墨染めの法衣をひるがえし
網代笠の紐を解きながら
麓の常宿に重い足を運ぶ

五合目

峰伝いを移るさに
雀蜂が喧響《おとな》いながら
わたしを追ってくる

急ぎ足で
峰の撓《たおり》を走り過ぎると
こんどは牛膝《いのこずち》の実に
ズボンの裾から
脛を刺されて立往生する

白い昼月に
嘲《わらわ》笑れる

六合目

登山道から
少し逸《そ》れた
須走御胎内に籠り
静かに目を閉じる

岩肌に
耳をあてると
富士山の鼓動が聴こえる
富士山の羊水が頬を垂れる

七合目

青空の
雲の波折《なお》りから
時折り
思い出したように
風花が舞い降りる
背《せな》を屈《こご》めながら
急な砂礫《されき》のジグザグ道を拾い

やっとこさ山小屋に辿り着く
風戸《かざと》が　かたかた　かた
淋しらに鳴いている

ここからは
小峰向こうの
白樺の葉群《はむら》が
半分ほど透いていて
随分と見晴らしがいい

眼下に
奥処《おくが》のさと　須走が
ひっそり閑と点在する
身罷《みまか》った友達《ともどち》の
名前をよんでみる

八合目

胸突き八丁までくると
頂上の寝雪のにおいで
鼻口がむず痒くなる
山男はこの白無垢の
富士に騙されて
滑落したのだ

九合目

双眼鏡を覗くと
幾つもの　峰向こう
山懐《やまふところ》に
抱かれた

鄙《ひな》の里　須走

そのまた
遥か彼方《あなた》の
雲の果て
滄浪《そうろう》が
耀《かがよ》い

北斎富士が
浪裏《なみうら》に
遊ぶ
駿河
灘

富士山頂

剣が峰に立ち
火口周りの
八神峰の一つ一つに
深々とあいさつしてから
大沢崩れを
恐る恐るのぞく

山頂の
山小屋で
万年雪で冷やした
ジュースを一本
飲んでから
ゆうっくり
自由《じゅ》っくり
転ばぬよう
砂走《すなばしり》を還る

笠雲

颱風が
逸《そ》れたのをみて

へ　へへ
うふ　ふ　うふふ
わしのおかげさ

山頂で笠雲が
北叟笑《ほくそえ》んでいる

峰雲

空を掻き
天辺に対かって
鼻息あらく嘶《いなな》きながら
尾根を蹴り上げる

立髪を
風になびかせる
手のつけられぬ
暴れ馬だ

亥《い》の子雲

ゆるやかな
尾根の踏段《きざはし》を
昼の月が奔っている

退屈そうな
亥の子雲が
月道を遮《さえぎ》る　一瞬間《ひととき》

吊し雲

頂上まで
いま一息だというのに
吊し雲が登山者を
通せんぼうする

無理矢理　雲の中に
突入するものなら

彼の怒りにふれて
登山者は滑落するだろう
地元の強力《ごうりき》さんが云っていた
　山小屋で雲が晴れるのを
　確《しか》と待つのだ
と――

富士に三拝* 一

東雲空《しののめぞら》が
幽かにおぼめきながら
陽炎《かぎろい》が立ち
ほがらほがら
と徐々に赤みを帯びる
暁降《あかときくた》ちの剣ヶ峰
確と眼を閉じ
富士の鼓動に耳澄ませ
御来光に合掌する　登拝者

＊　三拝……「登りながら拝む」「見上げながら拝む」「巡りながら拝む」（社伝）

富士に三拝 二

已れの
往還《みち》を
一筋に
垢離《こり》を
禊《みそ》ぎて

一向《ひたむき》に
直《ただ》山頂
目指し
登拝《とうはい》す

気高き
高峰を
仰ぎ見
香華を
手向け
黙黙と
一途に
芙蓉を
揺拝《ようはい》す

天空に
浮かぶ

富嶽に
頭《こう》垂《べ》れ
身《み》軀を
かがめ
何度も
巡拝を
繰返す

富士に三拝　三

陽が落ちたので
今日は浅間さん近くの
御師《おし》・重太夫の旅籠に宿を置き
地酒を舐めながら
天空風呂で汗を流そう

明日一番
暁《あかとき》降《くた》ちに宿を発ち
雲霧で瞬時《すぐ》変わる
富士の天気を窺いながら
頂上を目処《めど》に一気に登拝しよう

胸突き八丁の
神域で耳を澄ますと
　富士山《おやま》は晴天
　六根清浄
の修験者の唱和が聴こえる

頂上に着いたら
山巓《さんてん》を揺拝しながら
空火《そらほ》照《で》りのうちに
お鉢を巡拝してから下山しよう
天《あま》が紅《べに》をいっぱいリュックに詰め込んで

山を下りる　一

猟師に
追われた山鴨が
痛めた尾羽立て
水面《みなも》を走る　走る

筒を片手に
鴨がどちらに逃げたかを
勢子*がわたしにたずねる
とっさに土手向こうを指さすと
息急き切って沢筋を下りていった

勢子の腰に
雉鳩が二羽吊り下がっている
堰のたもとの葦群に

身を隠す山鴨をそのままに
わたしも山を下りる

＊　勢子……猟師を手引きする人

山を下りる　二

茸狩りの
わたしのま向かいの
楢《なら》の木陰で
子鹿が
母鹿の傷をなめている
のに気づく
母鹿は目を閉じている
子鹿はわたしに気づくが
見て見ぬふりしている
わたしも見て見ぬふりをする
近くの谿間で
筒音が二発こだまする

茸を一つかみ
母子鹿の近くの
木の根元に置いて
そっと山を下りる

山を下りる　三

岳麓《がくろく》峠の
倒れ木に坐って
双眼鏡で須走のまちを見やりながら
リュックの中の

むすびを食べようとするとむすびがない
辺りに転がってもいない
近くの物音に目を移すと
親からはぐれた瓜坊が
わたしのむすびを喰っているではないか

物怖じするのでもなく
まだ喰いものないかと
わたしの周《ぐる》りを駆け回る
このままではずっと
後を追ってくるかも知れない

急いでリュックの中の
おやつのパンを瓜坊の前に放り投げ
目眩《めくら》ましながら
一目散に木の根みちを下りる

近くの尾根が
てんでんに
雲の上まで顔を出し
わたしの慌てふためきに
お腹かかえて哄《わら》っている

椎の森の
すぐそばの
禿山《はげやま》が
わたしの為出《しで》かしに
頭を光《てか》らせ可笑《おか》しがっている

あ、富士までが
わたしを嘲《あざけ》り
呵々大笑するではないか

未刊詩集『須走素描』全篇

旅の者《もん》　一

旅の者が
リュックと一緒に
仲よく富士に頭を下げている

旅の者　二

高原の
牧場《まきば》の
馬の瞳に
青空が

青空に
雲が浮き
旅の者が
羊雲に手を振っている

旅の者　三

若い旅の者に
須走のことを
聞いてみる

なんか
いいまちさ

富士を見ると
うんとも

すんとも返事がない
項突《うなず》くばかり

旅の者　四

ゆくところ
向かうところ
見るところ

須走は
みな誰もが
虜《とりこ》になる

旅の者が
野帳にでっかい
富士を描《か》いている

旅の者　五

高原の
峠のまちの
上空に
迷い雲
一片《ひとひら》
浮いている

日没
どきの
空方《そらざま》を
旋回《さすら》っている

仔犬の
鳴き声

に似た
くぐもり声が
親雲を
さがしている

道の駅の
丸太椅子に
坐って
旅の者が
心配そうに
迷い雲を見ている

須走　一

須走は
どこを歩いても
本物の富士山に出会える

須走　二

大人の
手の平ほどの
鈴懸の葉叢《はむら》と

富士山が
おいで
おいでする

登山口
門前の
さと

湧水の薫りと
豆桜が乱舞する
山襞のまち

須走　三

まちのなかに
富士が　どっかと坐り
道路を塞いでいる

風花が舞い
雪虫が翔び交い
雲海が揺蕩う
山峡《やまがい》の　日本一
ちっちゃな天空のまち
世界一の富士がある

須走　四

ことしも
何処《いずく》から
麓の
鄙《いなか》へ

逢いに
きてくれた
かわゆい
かわゆぅい

雪の虫
風の花

わたしの肩に
舞いおりる

須走　五

くもの
なかに
まちが
まちの
なかに
くもが

くもと
まちが
いっしょ

富士も
ひとも
いっしょ

須走　六

控え目な
ひとのようで
何でも
受け入れてくれる

往けば
誰もが
好きになる
隠処《こもりく》のさと

道路の
まんなかに
胡坐《あぐら》をかいた富士山が
出迎えてくれる

須走　七

隣の
垣根の
木守《きまぶ》り柿を
喰らいながら
　ひいよ
　ひいよよ
ひよどりが啼く

懸巣《かけす》も
高枝《ほつえ》で
　須走は
　本当《ほん》に寒《さび》い土地《とこ》だ
啼いている

道往くひと
背中丸め
頸《くび》すくめ
歩いている

須走　八

中洲で
川狩あそびの
子どもら

水草に隠れた
雑魚《ざこ》を追いつめ
草寄せ漁をしている

富士山が
雑魚と一緒に
攩網《たも》の中で足掻《あが》いている

小魚を銜《くわ》えた川鵜《かわう》が
目をぱちくりさせながら
網の中の富士山を心配している

須走　九

風が熄み
峰向こうに
陽が落ちると
須走はすずめ色

闇空に
チチと啼き
蛾を追う
蝙蝠《こうもり》の矢走り

浅間の社では
小鳥たちが
翼に頭をうずめ
もう夢のなか

高原では
仁王立ちした
影富士が

大鼾《おおいびき》

須走　終章

旅籠《はたご》の二階の
腰高障子を開けると
眼下のあばれ川で
漁師が腰まで水中に浸かり
投網を打っている

雑魚が
漁師の毛脛や
股間をぬめぬめと
游《およ》いでいる

投網の鉛が重くて
なかなか上手く広がらない
中洲で　夕鷺が
漁師の網さばきを見て
ケタケタ騒いでいる

あ、堰の澱みに
しっぽり浮かんだ富士山が
投網の中で踠《もが》いている

須走　暮景

野火
奔る
草原

逃げ惑う

子鹿に
瓜坊　狐の子

山の奥処《おくが》で
団栗《どんぐり》　橅《ぶな》の実
喰らう猪熊《けもの》たち

筒を背に
猟師《またぎ》が迷うは
藪漕《やぶこ》ぎのみち

さとの
野末に
麓の寺の鐘の聲

風戯《かぜそば》えの
裾廻《すそみ》古道の

瞽女《ごぜ》歌か

天空の
富士は雨笠
湿り雲

ああ
鎮守の杜で
閉山太鼓が泣いている

眼潤《まなこうる》ませ
四辻に立つは
旅の者《もん》

隠処《こもりく》の
門前まち　須走は
煙霧《もや》が逆巻く雲海のまち

須走街道《みち》 一

ほと
ほと
ほ
と

私は
行く
って
風が云う

行く
って
何処
へ……

振り
返る
須走
街道

須走街道 二

栃の実が
街路地に落ち
その堅い毬《いが》が
車に割られるのを
電線につかまって
凝っと待つ嘴細鴉《はしぼそがらす》の番

車輛に

割られた甘い
栃の実に誘われ
鹿や猪が
路地を徘徊する
夜更け

けものたちの
足跡だけが残る
東雲《しののめ》の　斑《まだら》明かり
このみちは
富士の山巓《さんてん》まで続くみち

雷神さま

演習場に
炸裂する
大筒音に
負けじと

雷神さまが
富士山《おやま》の
てっぺんで
吼えている

戦闘機

茜空を
戦闘機が

剃刀刃
燐光を引きながら

富士のお鉢に
吸い込まれていった

戦闘ヘリ　一

空が
遠くまで
澄んでいる
尖った鋒《きっさき》が
屹立した　山塊の
空だ

竹トンボに似た
戦闘ヘリが　一機
宙を叩きながら
冲天に浮いている

が、峰むこうに
瞬時《すっ》と消えた

限りなく蒼い
水瓶《みずがめ》のような
深い深緑の谿間に
一瞬にして
消
え
た

戦闘ヘリ　二

深夜　雪煙を

巻き上げながら
戦闘ヘリが
宝永火口から
飛び立った

照明弾を
掻《か》い潜《くぐ》り
超音速で
双子山向こうに
消えた

爆音が
機体
を
追うが
追いつかない

照明弾

山の奥処の
あちらこちらで
雪洞《ぼんぼり》のような灯《ひ》を燃《とぼ》し
照明弾の長い尾が
闇夜に垂れている

垂れながら
蠟燭のように
風に蹌踉《よろぼ》いながら
瞬時《すっ》と

消
え
た

夜営喇叭《らっぱ》　一

峰尾に
月が昇っている
と思ったら

照明弾の
長い尾が
森に灯っている

喇叭の音が
途切れ　途切れに
霧に流されていく

夜営喇叭　二

寝静まった
高原

富士風が
　こお
　ごおぉ
鳴いて奔る

森の奥の
静寂《しじま》から

陸上自衛隊の
眠たげな
夜営喇叭が

一笛　渡る

山家《やまが》の会話

さぶくはないか
少しさぶいよ
お腹すいたか
少しすいたよ
さむしくないか
さむしくあるよ
かなしくないか
かなしくあるよ

鵺《ぬえ》が啼いてるね
ああ　啼いてるね
富士《やま》は雪だね
ああ　雪だね
ことしも暮れるね
ああ　暮れるね
もう　お寝《よ》りよ
ああ　居眠《いよ》るよ

高原対話

だだっぴれえ
人影さえ見えぬ高原に

ぼろぼろになった
くすぼけた笠雲が
地面すれすれに這って
今にも落っこちそうだ

演習場の
砲弾に両羽根を
撃ち抜かれ
ちりぢりにされた笠雲が
おおい　俺《おりゃあ》
これから何処へゆけば
仲間や兄弟に会えるんだよおぉ
富士に吠えている

私《わし》だって
ずぅっと
土手っ腹を
撃たれっぱなしさ
富士が応える

独り語り

遠くの国では大人たちが
戦争ばかりしているね
何がおもしろいのかね

学校や病院で
多くの子どもや病人が
爆弾を落とされて死んだね

戦争は悲惨だね
残酷だね
地獄だね

戦地から舞ってきた
渡り鳥が
今年は悲しい声で啼いてるね

富士山も
もう何日も
厚い雲の中だね

富士薊《あざみ》

茨の森と
霜枯れの凍りつく
広い原野の演習場
地鳴りを響動もしながら
戦車が何台も激しく走行する

戦車に
踏まれても踏まれても
芽を吹きかえし
頭をもちあげる富士薊

松陰嚢《まつぼっくり》のような
頭をにょっとのぞかせ
顰《ひそみ》に倣《なら》うことなく
天を衝き
すっくと立ちあがる
富士薊

天女花《おおやまれんげ》

樵《きこり》のほかに

誰も踏み込まない
岳麓《がくろく》の谿間

その岨道《そわみち》に
忍びやかに
ひとこいしさに

咲き薫る
岩の繁みの
天女花

話しかけるが
素知らぬ振りを
するばかり

忘れ草 一

百合のような
安らかな香りを放つ
忘れ草

濃い黄花をつけ
富士高原に咲く
別名は花萱草《はなかんぞう》

あまりに
花姿が上品なので
つい手折ってしまう

鼻唄うたって
つい遠回り

してしまう

忘れ草　二

背が低く
地を這い
茎を伸ばしながら
谿懐《たにふところ》に
ひっそり閑と咲く
忘れ草

仲間との
諍《いさか》いに
やぶれて
高原の
果てしを

彷徨《うろつ》くわたし
独り蹌踉《よろぼ》う
そんなわたしを
　いつでも
　おいで
手招いてくれる
忘れ草

紫式部

庭の石垣に
ことしも淡紫の小粒花が
たわたわと穂状に咲く
その小粒花を一枝手折り
窓に飾って一人だけの時間《とき》を憩う

友との意見の相違で
高ぶった気持ちを
和らげてくれるのもこの花だ
そんなわたしの荒んだ心を
鎮めてくれるので
わたしはこの実紫《みむらさき》を
癒し花とよぶ

やがてこの小粒花も
寒風に晒されながら
赤紫の実となり
小鳥たちの大切な
飽満《ほうまん》な餌となる

二十歳《はたち》の頃
恩詩・北川冬彦夫妻に連れられ
武蔵野の杜の奥地に
ひっそりと咲くこの実紫を
採取《とり》に行ったことがある
あのときも師は
型崩れした着物着て
煙草を口にくわえていた

夏椿

仕事先で
仲間と口争いをして
悄気《しょげ》て帰宅する
庭に咲く白い五弁の
夏椿の大樹を仰ぐ

庭一面が落花で

白じゅうたんに敷き詰められ
足をそっと止める
　お帰り
　お疲れさま
わたしにそう云って
大樹が迎えてくれる

この山里に
引っ越してきたとき
伊豆の天城の造園屋から
手に入れたもので
根回りは大人二人が
やっと抱えこむ代物だ

急に気持ちの
高ぶりが鎮まって
　本当は
　わたしの方が悪かった
すぐに仕事仲間に電話する

忍冬《すいかずら》

時刻が
すっかり晩《おそ》くなって
初めてのまちの
街燈もない脇路を
不知不識《しらずしらず》のうちに
踏み迷っていた

闇道を
手探りながら
歩いていると
足が水溜まりにはまり転倒し

膝までぐっしょりぬれてしまう
ようやく泥濘《ぬかるみ》の
切り通し坂を這いずり
でんぐり返りながら
やっとこさバス停の
本通りへと辿り着く

右手には
どっかの家の垣根から
手折ってきた忍冬の一枝と
花粉をズボンと襯衣《シャツ》につけたままバスに乗る

乗客が一斉にわたしを視る
　こいつ
　やばいっすよ
とばかりに

須走素描　一

上目づかいの
目蓋のように
低い家々の庇が
指呼《しこ》の間《ま》の富士山を
まぶしそうに見上げている

小中学校の
登校時刻は「富士山」
下校時刻には「金太郎」の
自鳴琴《おるごおる》が　山懐《やまふところ》の
隅々にまで鳴り渡り

深夜十一時に陸上自衛隊
富士駐屯地の消灯喇叭が流れ

山峡《やまあい》の森街《もりまち》は閑《しず》かに眠りに沈む
森のけものたちも
喇叭に合わせて眠り
こうして長閑な郷里《むらざと》の一日が暮れる

窓いっぱいの
闇富士に対かい
　今日もお疲れ
手を振り
雨戸を閉める

須走素描　二

木枯しが
精進川沿いの
柳をゆすっている
葉を落とした細枝が
女の髪のようになびいている

買物帰りの母子が
背を丸め下を向いて
歩道を帰ってゆく
山里はまもなく
雪に装《よそ》われるだろう

山向こうの
入相《いりあい》の寺の鐘が響き終わると
足早に日暮が迫る
精進川の水音だけが
さよさよとせせらいでいる

近くの森から
線香花火のような

音を鳴らしながら
夜営の照明弾が上がり
夕空を焦がしている

夕景　一

叢雨《むらさめ》が
熄《や》んで
風も鎮まった
川面《つら》だけが
仄かに明るい
水皺《みなじわ》が
投網のように
揺《ゆる》々と
精霊舟を
追っていく
螢すくう
山の子らの
澄んだ声と
足音が谺を招び
瀬音が子らに
負けじとさわいでいる

夕景　二

旅籠の
肘掛け障子に
隙間風が鳴き
今宵も雪が舞いそうな

岸縁《きしべり》では
漁師が打つ投網に
朧月《おぼろづき》が引っ掛かり
中洲で河烏《かわがらす》が騒いでいる

墨絵ぼかしの
山向こうから
夕を撞《つ》く鐘の
幽かな喧響《おとな》い

野良仕事の
父を迎えにきた母子
長い細い影が三つ
手を繋ぎ土手を帰って行く

夕景　三

河原では
薄縹《うすはなだ》の袖振草が
長穂を夕風にゆらしている
穂影から
曼珠沙華が　一輪
恥ずかしそうに顔をのぞかせ
山兎が一羽飛び跳ねる

土手の上で
子どもの手を引き
仕事帰りの夫を待つ
うす化粧の妻《ひと》の鬢《びん》のほつれを
涼しい風がなびいている
この土地《ところ》に引っ越してきたばかりの

上方言葉のなかなかの別嬪《べっぴん》さんだ
銭を乞うている

葦の茂みで
老鶯《ろうおう》が啼き
向つ嶺《お》で
神鳴が
一閃《いっせん》
奔
る

筆穂みたいな
下がり眉の下に
澄んだ双眸《りょうめ》が
ひかっている

暮景 一

公園で
物乞いが
耳から吊るした
鼻笛を吹き鳴らし

夕刻　校舎から
歌時計《オルゴール》が鳴り響くと
物乞いは茣蓙《ござ》をたたみ
庚申堂の方に向かって
霞の中を溶けてゆく

暮景 二

客用の一本を

ちびりちびり舐めながら
赭《あか》ら顔の地酒屋の亭主が
胡麻塩鬚を撫でながら
まだこぬ客を待っている

カエルのような小さな目が
ぽっちり開いて　火に焙った
鯣《するめ》のよい匂いを団扇で漂わせながら
勤め帰りの客を背伸びして待っている

酒の匂いに酔った暮靄《ぼあい》が
ぬたり　ぬたたり
庭を這っている
煙草のけぶりが
環を描きながら
大欠伸《おおあくび》している

暮景　三

燐寸《まっち》を
擦るときの
硫黄の臭いが
窓からとびこんできた

箱根大涌谷の
噴火口から
吹き出した溶岩の臭いが
風に乗ってやってきた

風呂好きな
わたしを仙石の
硫黄風呂が
誘っている

高原の店

ちっぽけな
山のまちの
ちっちゃな店が
一つ消え
ふたあつ消え
とうとう全部が消えた

駄菓子屋も
魚屋も薬屋も
肉屋も豆腐屋も
気の利いた雑貨店までも
店番の老人とともに店仕舞い

買物に困った
高原のまちの住民は
バスや乗物を仕立て
ふもとのまちまで
買物に出ていった

そんなこんなで
不便な高原のまちに
突然　都会の灰殻《はいから》なスーパーが出店《オープン》
天空のちっちゃなまちに
再び住民の元気が復ってきた

週末

庭の植栽のそばで
ねじり鉢巻の法被姿の職人が
杉の角材に鉋《かんな》をかけると

うすい鉋屑《かんなくず》が木の薫りを放ちながら
若布《わかめ》のように伸びる

隣ではもう一人の若い職人が
木材に杵《きね》を打つ小気味よい
槌音をひびかせている
二人の大工職人の汗の匂いが
風のない庭にたちこめている

宿の修繕に
丹精を籠める二人が
二階の窓から身をのりだすと
対岸の堤には
冷たい沢風が釣り人の糸をゆらしている
沢添いの柳の枝に
巣立ったばかりの燕の雛が
音譜のように行儀よく並んで
職人の槌音に羽を振るわせながら
親鳥のはこぶ餌を待つ
山里の空梅雨の週末

水土野《みどの》集落

つづら折の街道
水田に立つ農家
烟を吐く煙突
庭に犬が寝ている

家族みんなが
畦道に座って
茶菓子で寛《くつろ》ぐ
午后のひととき

水を張った
代田に
でぶっちょ富士が
眠そうに浮いている

空《から》バスが
山間に展けた
須走手前の
水土野集落を通過する

娘と青田

田植をすませた
棚田にやわい風が吹き
微温《ぬる》い陽がふりそそいでいる

春休みで都会からもどった娘が
病の母のかわりに
脚絆《きゃはん》に手甲《てっこう》をつけ
菅笠かぶって腰をまげ
朝から父親と田の草取りにはげんでいる

棚田に残雪富士が浮かび
娘は湯水のような
生温くなった水田に腰をのばして
棚田の逆さ富士をうっとり見ている
さっきから青田をかすめ
燕が虫をすくっている

燕が低く舞うときは
虫の羽根が湿気をおび
重くなるから
ほどなく雨になるだろう

父親が曇り空を仰ぎ
娘にそう云っている

御殿場《みくりや》暮景

稲刈りあとの
田ん圃に
山積みした籾殻《もみがら》
細いトタンの煙突から
煙があちらこちらに立っている

刈り残された
稲穂に遊ぶアカトンボ
稲子も跳ねている
真っ赤な血と見紛う
曼殊沙華が　一列

峠に向かっている

籾殻を燃やすにおいと
真っ黒な煙で空が見えない
煙にむせながら
ケホケホ鳴くのは
月に駆け昇る野兎か

子どもらが
燻《くゆ》り満《み》つ稲架《はざ》影で
富士山の
てっぺんまで届けと
凧揚げしている

農繁期の
手伝いに
里帰りしていた隣の学生は

あした都会の学校に戻り
姉は嫁ぎ先もきまった

森の先住民

丘の端を
母猪の後ろを
ぞろり　ぞろぅり
瓜坊が　一列に
並んでくっついていく
森の茂みを抜け
穴ぼこにはまりこんだり
風や枝鳴りに気をとられながら

猪の親子が
散歩するのを見かけたり

不意に出合ったら
見て見ぬふりして
彼らに道をゆずることだ

ゆずられた彼らも
温和しく通り過ぎていく
ここは森の先住民
猪さまの住地《エリア》なのだから

須走迂回道路《バイパス》　一

草原に
一本の
古道わきの
迂回道路

動物
飛び出し
注意の
鹿の看板

鹿の角が
真昼の
淡い月を
突き刺している

須走迂回道路　二

開通したばかりの
迂回道路に愛くるしい
兎や鹿が飛び跳ねる絵柄と
大きな注意文字が
其処此処《そこここ》に見える

けものたちの
地域《エリア》だから
車輛はスピードゆるめて
ゆっくりお通り下さいとの看板

ドライバーなら誰もの
目を引くおしゃれな
本当《ほん》に可愛《かわゆ》い高原の
ま新しい迂回道路の
案内板だ

わたしの空

宇《そら》が晴れわたって

遠くまで透いているのに
どうしてだろう
この夏の
わたしの空は晴れてくれない

電柱の高いところで
空が
　おいしい
　つくつく　つくつく
蟬が鳴いている

が
わたしの空は
きょうも気怠く
籠《くぐ》もったままだ
蟬も鳴いてくれない

精霊蟬

庭の木陰に
身を寄せると
たちまち冷んやりする

きのうまで
鳴いていた精霊蟬が
もう落ちてしまった

台所に
活けた袖振草も
身を屈めている

内孫が
たまった夏休みの宿題を

カレンダー見ながら
汗をながしている

白い狐

夕闇の
猛吹雪《もうふぶ》く
細い峰みちを
わたしをふりかえり
ふりかえりして
老いた狐が
足跡だけを残して
森の奥処《おくが》へと消えてゆく

むかし
山葵《わさび》田橋のたもとの
ゆるらかな坂道を
兎くわえたまま
わたしが通りすぎるのを
ずっと見ていたあの
後ろ肢を引き摺った
痩せた白狐だ

狐疾り

芒の穂が
銀波打つ
富士高原

月光に
親狐が
青い目を光らせ

頬白《つらじろ》の
子狐連れ
草原を疾る

穂叢《ほむら》かき分け
飛び跳ねながら
月影を追う

　コウ　コウ
コオゥ　コオゥ
子狐に猟を教えている

月光の
狐疾りを
見にゆく

岩魚

どうしても
岩魚の塩焼が喰いたくて
じとじと雨のなかを
自転車をころがし
家の背戸の精進堤を
竿を片手に下りてゆく

今日は魚籠《びく》はもっていない
ただ一尾でも釣れればそれでいい
渓流を見れば
岩魚の棲家は
だいたいは分かるから
沢縁《さわっぷち》に着くと

水面は濁流で
上流は土砂降りらしい
仕方なく竿をたたんで
帰り仕度する

鶯がやたらと多く啼いている
みな啼き声がまちまちで
わたしには
　それみろ
　そうれみろ
しか聞こえない

猫

あのころ
猫を飼っていた

仕事がえりに
わたしと町で会って
そのまま部屋に棲みついた

朝仕事に出るとき
猫も細めに開けた窓から
外にとび出し
扉の裏でわたしのかえりを
ずっと坐って待っていた

自分が喰わなくても
猫だけには食事を与えていた
わたしの仕事の不都合で
その食事も長くは続かなかった
猫は部屋から出ていった

道の駅　一

月も星もない
どの家もみな寝静まっている
二階の物干場に立つと
山の瀬の道の駅の明かりが
雪洞《ぼんぼり》のようにゆらいでいる

無数の車輛が
港に舫った船のように
錨を撒き　霧燈を滲ませながら
籠坂峠の濃霧の晴れるのを待っている
大型車輛が寝ぼけて霧笛を吐いている

道の駅　二

大鳥居の後ろに
山やまが累《かさ》なり
そのまた後ろに
富士山が陣取っている

谿襞《たにひだ》に囲まれた
高原の道の駅が
なかなかやってこない旅の車輛を
首長くして待っている

客のいない
冬ざれの展い駐車場では
枯れ尾花が凩《こがらし》に逆らい
客待ち踊りをしている

駅前では
店員の山娘たちが
富士山団扇をもって
客招きしている

夕陽に火照った
元気な赤富士だけが
ゆさゆさ体軀《からだ》を揺振《ゆさぶ》り
愉快に雪踊りする道の駅

里の駅

家に籠《こ》もってばかりいると
気が滅入るので
たまには町はずれの道の駅を訪ねる

去年の今頃なら
まだ犬の相棒チビが生きていたから
一緒に散歩ができたのに今はそれができない

富士講信者の滝道を滑り
世界文化遺産富士山淺間神社傍の
鎌倉往還道を通り抜け　ああ
やっとこさ道の駅へと辿り着く

短いジーパンを穿《は》いた旅の娘ら
オートバイに乗ったツーリング族
勢いよくマイクロバスから降りてくる
色とりどりの鞄《かばん》を背負った小学生たち
他県ナンバーの乗用車に乗った家族連れが
山峡《やまがい》の峰の撓《たおり》を指差しながら
お方言《くに》ことばをとばしている

駅舎の長椅子に腰かけた
はいからな帽子のおばあさんが
経木弁当を美味そうに
咀嚼《そしゃく》する入歯の音がする
話食亭《わしょくてい》の若い主が
窓から顔を突き出し
　くるくる　くるら
　くる　くるら
客寄せ歌を唱っている

どこの駅よりも小さいが
どこの道の駅よりも温かい
風花　雪虫《しろばんば》　舞う
登山道沿いの　里の駅
霧待ち　雪待ち
人待ち港　道の駅
夜空は流星群の遊技場《パラダイス》
富士山のてっぺんに
山小屋の灯がゆらぐ
芒河原の　高原の駅

バス停　一

小さな
紙袋を
いくつも胸に

背中には
大きな荷物を
負《おん》ぶしている

まだ

婆さまでもない
年若い姉さま
バス停で
運休バスを
待っている

バス停　二

だれが
蒔いたか
植えたのか
小鳥が
種をはこぶのか
鷺草が
ことしも
たわわに咲いた
餌がほしい
ほしいとゆれている

一丁目
バス停わきの
ほんにかわゆい
まちかど
一坪花壇

バス停　三

バス停の
池の花壇に
コスモス　アカマンマ

リンドウなどの里花が
ひとまとめになって仲よく咲いている

退屈などとは
勿体無いほど
ここは終日《ひねもす》　閑《しず》かで
力のぬけたような夏の末《おわ》り
澄んだ涼しい風が吹いている

道股《ちまた》の
道祖神だけが
仄暮れ空を見て
孤《ひとお》り　淋しんでいる

祭り

女の子も
男の子も
一緒になって
　えいさ　ほいさ
　ほいさ　えいさ

子ども御輿が
まちなかをねりあるいている

富士山も
空をかついで
　ほいさ　えいさ
　えいさ　ほいさ
からだゆすって

おどっている

夕焼け
よりも赤い
赤とんぼの群れが
富士の峰から
お出ましか
須走空を
まっ赤に埋めている

富士山御輿

富士《フジ》さ　愛《アイ》さ
　愛さ　富士さ
掛け声あげながら
富士山御輿が
山里街道をねりあるいている

鉢巻ねじった
半被姿の子どもらが
大うちわを上下に
御輿の後に集《たか》っている

網代笠の若い修行僧が
首から木箱を吊るし
右手首に数珠をかけ
錫杖《しゃくじょう》を突きながら
人混みにまじって追《つ》いていく

修行僧は
御輿の掛け声に
お題目を合わせながら
肩を揺らしている

路傍の祠《ほこら》に祀《まつ》られた
お地蔵様も目を細め
肩を左右に揺らしている

須走雨

細霧でも
靄《もや》でもない

降って晴れ
晴れては降る

祭りの
あとの

さむしい
須走の

雨
あめ

あ

め

未刊詩集『須走びと』全篇

須走びと 一

来るひと
往くひと
土地のひと

みな
いい
顔になる

富士山の
雪の
においがする

須走びと 二

行方《ゆくえ》
知らずだった
隣の放蕩《ほうとう》息子が
餺飩《ほうとう》喰いたくなって
十年ぶりにひょっこり
山里に帰ってきた

おふくろ
この味だ
この味だよ
老いた母を前にして
噦《しゃく》りあげながら
どんぶりお代わりして
餺飩を喰っている

須走びと　三

どんぐりの実が
屋根を打ち
破れた障子戸が
峰風に鳴いている

宵のうち
ゆれていた山小屋の灯が
一つ消え　ふたあつ消え
とうとう今夜は
闇富士になった

旧盆までに
帰ると云って
家を出た坂下の
ひとり息子が
今年もまだ戻っていない

須走びと　四

口元が引き締まって
気難しい学者のようだ
金壺眼《かなつぼまなこ》をぐりつかせ
訪問客を凝っと睨める癖がある

わたしよりも
一つか二つ上かも知れない
最近わが家のすぐそばに
引越してきた彫刻家
不揃いな赤茶まだらの
染め髪が光《てか》っている

須走びと　五

庭の物干し竿に吊るして
悉皆《すっかり》乾いたズボンの衣嚢《いのう》に
山雀《やまがら》の巣が懸かっている
庇嚢《ポケット》から雛が六つ顔を出し
山雀の番《つがい》が忙しそうに餌をはこんでいる

男は仕方なく
ズボンをもう一着
町に買いに出る

須走びと　六

お勝手の
仕事をしたことのない
大店《おおだな》のわがままな一人むすめが
嫁入前に御祖《みおや》から教わった
手解《てほど》きどおりに
白いお米を水で濯《すす》いでいる

蛇口の水の勢いで
とぎ米が水に踊って
排水口へ流れていくのを
むすめはお米を濯ぎながら見ている
古くからの賄《まかな》いが
口に手をあてがい
眦《まなじり》をつりあげている

須走びと　七

泥鰌《どじょう》のような
薄眉の下に
木の実ほどの
一重のちっちゃな目が
申し分けなさそうにくっついている

この男は　富士山が
空に浮いてさえいれば
実に陽気で　笑顔をたやさぬ
そのくせ空に富士がないときは
無口で誰が話しかけても
沈んだ顔して喋りたがらない

そんな彼に似た性質《たち》の男衆《おとこし》が
この土地《ところ》にはやたらと多い

須走びと　八

木枯しが
草矢を飛ばし
歩道の枯葉と
砂埃を巻き上げ
頬を突き刺す夕つ刻

背中を屈め
ポケットに手を差し込み
首と顔に手拭《てのご》いを巻き
近所の見知り越しの男が
険しい木の根坂を下りてきた

腰に布袋を付け
零余子《むかご》と茸狩りの帰りだ
甘い百合根を噛みながら

すれちがいざまに
　今夜　零余子飯と
　茸鍋を喰いに来《き》いやぁ
あいさつ代わりに男がいう
口元に手酌の形様《かたちざま》を繕《つく》りながら

須走びと　九

むかあし登山者の
荷物をいくつも背負い
山人足をしていたあの腕っ節の強い強力《ごうりき》さんが
庭に七輪をもちだし炭火で松茸をあぶっている
酢醤油にひたした
芳香な松茸をつまみに
顔を赤らめながら
地酒を呑んでいる

都会から来たという
若い男女の登拝者が
あまりのよい匂いに引き寄せられ
ひょっこり庭をのぞく

彼らと目が合うと
赤鬼のような強力さんが
　富士山の旨《うん》みゃあ
　穫《と》れたて松茸を喰っていきなせぇ

七輪の松茸を引っくり返しながら

おだやかな笑みを浮かべ
登拝者にすすめる
竹籠には松茸がまだ四、五枚残っている

須走びと　十

立喰いそば屋から出ると
男は歯に挟まった刻み葱を
指でこそぎながら　ちっと啜った

雲間から　躊躇月《ためらいづき》がのぞき
男がそれを見て
ふんといぶかし笑いを浮かべる

店の外に手伝いの
女子衆《おなごし》が水を打っている

その飛沫《とばしり》に耀《かがよ》う　十六夜《いざよい》

店のすぐ脇に路地が一本
まっすぐ奥へとのびている
その路地詰まりの借家《アパート》に男が入っていく

周りの部屋は明るいのに
男の部屋だけは
灯《あか》りが点っていない

窓から差し込む十六夜に
壁に吊るされた楽器《ギター》の絃が
キューン　一音《こえ》鳴った

須走びと　十一

賀籠舁《かごか》き真似た
炭焼き人足さんが二人《ふたあり》
里の市場に
炭俵担いで下りてきた

えいさ　わいさ
行くさ　来るさ
　えいさ　わいさ
　行くさ　来るさ

間《あい》の手入れながら
急な杣道《そまみち》　鉢巻ねじって
下りて来た　後ろから
親にはぐれた瓜坊が
道に迷うてついてくる

須走びと　十二

夕栄えの
栃の実落つ
里はずれの
爪先坂を行く

険しい岨路《そわみち》で
枯枝の束を
背負子に荷なった
七十がらみの農夫と出会う

馬の背の
裾廻《すそみ》古道で立ち止まり

馬の通り過ぎるのを待つ
　すんまんなあ
嗄《しゃが》れ声が返ってくる

昨日　道の駅で
堅炭《かたずみ》を孤《こも》から出し
小袋に詰めて売っていた農夫だ
片方の眸《め》がつぶれていた

須走びと　十三

今日は山の
道普請がないので
山守爺さまは
炭焼き小屋の炭を
竈《かま》から取り出して
しっかり背負子に
菰《こも》俵をくくりつけ
町の市場に下りていく

集落の慣れた坂道を
爺さまの細い影坊が
爺さまが転ばぬよう
　しょろ　しょろ
　　しょろろろ
木の根につまずかぬよう
迷い子にならぬよう
心配そうに
後をついてゆく

須走びと　十四

道路修繕《なお》しに
汗を流す工事作業員
時偶《ときたま》　歩行者が横断歩道に立つと
その都度　誘導員が合図を送り
パワーショベルやダンプカーを停止させる

歩行者の横断が終わると
工事作業が再開する
電柱の影の小さな歩行者に
誘導員は気づかず工事作業が続いている
　うぉお　うぉおん
犬の鳴き声にやっと気づいた誘導員
急いで工事を停止させる

白い杖を突いた
少年を連れた盲導犬が
　うぉお　うぉおん
　それでいい　それでいい
そう云ってゆっくら
横断歩道を渉る

須走びと　十五

早蕨《さわらび》の
風薫る
段々畑には
笠をつけた農夫婦が
鍬や鋤《すけ》で畑の畝を耕している
風向き具合で
辛夷《こぶし》や馬酔木《あしび》の甘い匂いが

土手向こうからはこばれてくる

この山里から
都会に出た弟が
今日三年ぶりで家に帰ってくる
その弟に山菜を食べさせたくて
姉は背中を屈めながら
蕗や芹　土筆に野蒜《のびる》を摘んでいる

強《きつ》い朝の陽ざしに
姉の額が汗でにじんで光っている
背中の背負い籠の中で
黒い結び髪が
　ゆらり
　ゆらうら
居眠りしている

須走びと　十六

寺小僧が
竹箒で境内の
落葉をはいている

次から次へと
末枯《すが》れ葉が
舞い散る

小僧の手が
　もう　うんざりだ
嫌々している

住職の眠たげなお経が
裏参道を這っている

須走びと　十七

葬列の
先頭に立って
老僧が
手鐘を打ちながら
境内の階段《きざはし》を下りてゆく

法衣の裾に
なむなむが戯《たわぶ》れている
杜の蜘蛛の巣に
蟬の抜け殻が引っ掛かって
合掌している

須走びと　十八

薬師堂に向かって
念珠を歩きながら
爪繰《つまぐ》る若い坊さま

坊さまの読経が
眠そうに杉木立ちのなかを
しょろしょろとついていく

八釜《やかま》しい松蟬も
読経の後を
追っていく

須走びと　十九

庚申塚の
お堂の階段で
近くの大店《おおだな》の
萎《しな》びた糸瓜《へちま》顔の若旦那が
お数珠をつまぐりながら
一心にお経を唱えている

読経にまけまいと
蜩《ひぐらし》が八釜しく鳴いている
お勤めが了ると若旦那は
梅雨明け空を見上げながら
一息吸うと急ぎ足で
階段を一段とびに下りていく
若旦那の後ろ姿を見送ると
蜩が一斉に鳴きやんだ

須走びと　二十

埃と汗が臭う
法衣を着けた若い托鉢僧が
商家の前に立ち
経文らしい言葉を吐いている

深い編笠から長い髪が
背中に不揃いにのびている
鉄鉢に
何かを布施してもらうまで
数珠をもむ乞食《こつじき》修行僧だ
法名は何と宣《のたま》うか

本寺は何れか
今夜はどこへ宿を置くのか
血のような夕焼が
旅僧の横顔を赤くそめている

須走びと　二十一

表参道の
すぐのとばぐちに
風にめくられた
赤茶屋根の小さな地蔵堂
小糠雨《こぬかあめ》のなかに立っている

お堂には
隣の爺さんによく似た
少しでぶっちょな

地蔵様がほほえみ
幟旗《のぼりばた》が心細そうに揺れていた

苔むした境内の植込みに
細面《ほそおもて》のらっきょう顔の石灯籠が
葉叢《はむら》に見え隠れしながら
さびしみに慄えている
話相手もなく慄えている

石蕗《つわぶき》の葉陰で
添水《そうず》の筒が
かあんと石を叩くと
森からほととぎすが
ひと声鋭く啼いて飛び立った

庫裏《くり》の
腰高障子戸から

野太いお経が洩れてきて
裏参道の搦手《からめて》を
ぶつぶつ這っていた

須走びと　二十二

朝から縁側に坐って
畑からもいだばかりの
唐もろこしの皮裾《かわばかま》を剥ぐ
一枚いちまいていねいに剝ぐ

二時間かけて剝いだ
もろこしの鬚と実の数を
二時間かけて数えてみると
同し数であった

喰うのを躊躇い
それを仏壇に供える

須走びと　二十三

パン屋の娘さんが
あまりに可愛かったので
釣銭を受け取らないで帰る

給料日前の
せっかくの日曜日だというのに
金がないのでどこにも行けない

夕方　雨脚が強くなって
樋《とい》がごくりごくり
喉を鳴らしている

ごくりごくりを枕に
ああ　とうとう
次の日の朝まで寝てしまう

須走びと　二十四

昏れてから
近くの友人宅に
大切な詩集を返しにゆく
玄関先で応対してくれたが
彼はいつもとちがって
家に入れとも云わなかった
玄関も家の中も真っ暗で
彼の顔だけが明るかった
仲間の誰かが云っていた
　電気代を支払っていないらしい
本当だった
水道と瓦斯《ガス》は
まだ止まっていないらしい
帰り際に
下駄箱の上に
出してくれた白湯《さゆ》を
わたしは一口呑んで帰る

須走びと　二十五

どうにも
先に進めないとき
詩友石下《いしおろし》典子の

詩篇が浮かぶ
彼女が住む方角に向かって
蝸牛のように　のたりのったり
重い螺旋殻を背負って進んでみる

進むことによって
わたしにも彼女のあの
銀光粘質のギラギラ光る薫り言葉を
ひねり出すことができるかも知れない

いったんはあきらめた
自分が書きたかった
富士の高嶺の一節を

須走びと　二十六

誰かが
呼んでいる
名前を呼んでいる

向こう岸で
誰かの名前を
盛んに呼んでいる

暴れ川の
水音に消されて
声がこちらに届かない

よく見ると
堰のたもとで

ひとが立っている

赤い前掛けした
宿のお内儀《かみ》さんだ
あ、わたしに手を振っている

須走びと　二十七

よせばいいのに
途中でとまらなくなってしまう
何にでもきょうみをもつ性分だから
一日やりはじめたら
金をかけてもそれにのめりこんでしまう

のめりこんで金が底をついたとき
これは自分にほんとうは
必要でない投資だとやっと気づく
気づくのに矢鱈と日数と時間がかかる

いったい自分は勇敢なのか
腰抜けなのか　それとも男気《おとこぎ》があるのか
ただの向こう見ずなのかと
ああ　この性分には
子どもの頃から頭をかかえこんでいる

須走びと　二十八

道路のまんなかで
猫みたいに喉を鳴らし
跳ね回り　ちょっくら
爪先立ちで歩いたり

すっと後退《あとしざ》りしては
身を翻《ひるがえ》し
地べたを滑ってみては
一瞬　立ち停まる

頭にかぶった
手拭《てのごい》のはしを口にくわえ
誰も見ていない
道路で小躍りする

眉をつり上げ
地団駄踏んで
一どなりたかった
いなせな歌舞伎役者

わしは
むざむざとは

死ぬまいぞ
などの台詞を云ってみる

須走びと　二十九

何事にも
行き詰まって
思いあぐね
二階の廊下で
尻餅つき
膝小僧かかえながら
途方に暮れていた

膝小僧に
のせた頭を
ひょっくりかしげながら

思案していると
窓硝子にやはり
丈の詰まった自分が
頭をかしげ
何かに怯えている

そんなときの
窓硝子の
悄気《しょげ》た自分が
非道《ひど》く　滑稽で
可哀想

須走びと　三十

近くの
矢《や》筈山《はずやま》から

入道雲が
湧き起こり
瞬く間に真黒な
分厚い曇天《どんてん》が広がった

遠雷が
近寄り
大粒の雨が
一滴　二滴
顔にあたる
が　やがて
豪雨となる

真向かいの林で
落雷に大木が裂け
激しい雨音に
耳をふせぎながら

近くのお堂に逃げ込む

お堂の床に
しゃがみ込む
きりっとした女の顔が
閃光に映し出される

つい先刻《さっき》
裾廻《すそみ》古道で
出会いがしらに
深々と辞宜《じぎ》された
あの里長《さとおさ》の気立てのよい
幼顔《おさながお》の山娘だ

目元涼やかな
鄙《ひな》っ娘《こ》についぞこちらも
咄嗟《とっさ》に辞宜してしまう

須走びと　三十一

風もない
澄んだ青空に
公孫樹《いちょう》の老木が
大きな影を展げ
憩い場所を繕っていた

温柔《おとな》しい孫娘を
おぶひもで背負《くく》った老婆《ばっ》つぁん
けさも緩《ゆっく》りゆぅくり
坂道を上ってきた

公孫樹の影溜まりで
長椅子に孫娘を下ろすと
昨日の昔話の続きを聞かせている

老婆つぁんが昔語りを始めると
孫娘は子守唄とまちがえて
すぐに眠ってしまう

須走びと　三十二

今まで民宿を
手伝ってきた一人娘が
とおくに嫁いでいった
料理も掃除も買い出しも
お客さんの接対も電話番までも
こんどは老婆つぁんがひとりでやる

廊下を急ぎ足で歩くと
急にこのごろ眩暈《めまい》や息切れがする

だから客間は
一階の二部屋だけにして
五人以上の客はとらない
それ以外の顧客《こきゃく》は相部屋にしてもらう
みな昔からのお馴染さんで
富士登山者ばかり

客は老婆つぁんをおふくろとよぶ
おふくろ帰ってきたよと云う
老婆つぁんはわたしの
亡き母によく似た顔立ち
話好きで　若いもんが好きで
誰にも深切だ

須走びと　三十三

街の騒がしさから
身を隠した宿が
ずっと昔から一軒だけあった
給料が入ったばかりなので
思いきって自分に奮発して行ってみる

年輩の
物腰のやわらかい女中が
気をきかせて熱いお茶と
地元の焼饅頭をだしてくれた
火鉢の炭火に両手を温めるが
寒気がして軀の震えがとまらない
女将《おかみ》に案内されて

階下の露天で熱湯に浸かる
湯船には旅客がわたし一人で
夕べ降った雪がまだ
湯殿のまわりに積もっていた

庭の木の枝に
月が冴え冴えと引っ掛かっていた
ずっと昔の学校の理科の時間に
やっとこさ覚えた三島暦の
あの訝《いぶか》し気な下弦の月だ

女将が用意してくれた
小盥《こだらい》に載った地酒を舐めながら
湯船の縁《へり》で目を閉じる
　富士山の麓の
　極寒《ごっかん》の鄙里《ひなざと》だから
人間《ひと》が住む土地《ところ》ではない

旅立つ朝　友人が云っていた

わたしがこの土地に住む
まだ以前の二十歳《はたち》の頃の
須走の旅の憶い出である

須走びと　終章

茹《ゆ》でうどんの玉を買ってきて
汁《つゆ》も醤油もつけずにそのまま頬張る
塩味が効いていてうまかった
三食これですます

店の娘と知り合いになって
うどん玉を一度に三つ買うと
時どき一つ負けてくれた

実入りがあると　うどんの他に
オカラを買って空腹を満たした
オカラは腹いっぱいになるが
おならばかり出る

おおやさんからもらった
木製のみかん箱を机にして
朝から詩ばかり書いていた
書いた詩をガリバン刷りにして
町角に立って売った
ほとんど売れなかった
時どき女子学生が買ってくれたが
飯の足しにはほど遠かった

六十年前
十七歳で都会に出た頃の
わたしの日記である

名月

庭で
昨日まで
鳴いていた蟬に代わって
仲秋を境に
蟋蟀《こおろぎ》が鳴きだした

兄元で
芋名月を
眺めながら
妻が用意してくれた
月見団子を
床几《しょうぎ》に坐って喰う

曼珠沙華が
団子を欲しがっている

月見

さとの
後方《しりえ》の山並から
吹き寄せる峰風に
花瓶のススキがゆれる

月光にぬれ
星々の瞬きに
心を澄ますのはこんなとき
どこか遠くへ行きたくなる

妻が供えた
団子と九面芋《やつがしら》を喰いながら

津村信夫の詩篇を口遊《くちずさ》む

月光

日曜日の黄昏どき
にぎわいを避け　路地の近間を抜け
友をバス停まで見送った帰り道
どこかの家の開け放された窓から
ピアノの調べがこぼれていた

　月光だね
しばし足を止め　ベートーヴェンを聞く
　峠の小さな町だけど　音楽も流れているね
　今まで耳も澄まさず暮らしてきたんですね

妻の手をしばらくぶりに握って
家路をたどる

時鳥《ほととぎす》

庭の
垣根隠れに
咲く卯花
匂いに誘われ
時鳥啼く

あ、あの声は
去年庭にきた鳥
訛まじりの時鳥
　ほんによく帰ってきたね
妻が云う

粒餌

妻が近づいても
鯉は浮いてこない

わたしの足音が近づくと
池の底から
一斉に浮き上がってくる

大口あけて行儀よく
順番を待っている
二摑《ふたつか》み粒餌を撒いてやる

林檎《りんご》

行商人から
台風で傷ついた
木箱いっぱいのリンゴを買う
もりのかがやきという名前の
黄色い果皮《かひ》のリンゴだ

人の軀の水分より
リンゴの水分はもっと多い
その水分の豊かなリンゴを
砂糖たっぷり雑ぜて
妻はリンゴジャムを作っている

妻が鼻唄うたいながら
リンゴをまな板にのせ

たんたん音たてて
いちょう切りにきざむのが
書斎まで心地よく届く

可哀想だが
まだ温かいリンゴの命を
ふたりで焼きたてパンにのせて喰う

晩景

やまふところから
うっすら霞が立ち
段々とそれが雲となり
その重い曇天の中から
稲妻が疾り　神鳴が響動《どよ》めき
やがて本降りになった

窓にもたれ　目の前の
まっ黒な立山を見詰めていると
大胡猹《おおとど》の妖怪《おばけ》が
鋸歯《きょし》をむき出し　のっしのっし
集落に向かって動《ある》いてくるではないか

カーテンを
閉めましょう
同じ大峰《おおお》を見ていた妻が
身を慄わせ立ち上がる
瞬時に窓に鍵をかけ
カーテンの裾を
颯《さっ》と引いた

風鈴

この頃　家に籠もって
妻の内職を手伝っている
妻や孫も　わたしが手伝いの手を止めるまで
毎日　同じ日課を繰り返す

夕刻がくるのを待って
座布団を持って　独り窓辺に坐る
其処には　一日中見ていても飽きない空と
白い雲が浮いている

軒先には　わたしが二十の頃
南部盛岡の旅で手にいれた
釣り鐘風鈴が垂れ下がっている

家族が揃って夕餉の膳につくと
頭上の風鈴が
必ず項突《うなず》くように　一つ二つ鳴る

はじめての給料《ギャラ》

十七歳の頃
横文字《カタカナ》ことばに
あこがれて家をとびだした
スタントマンになったが
動作がおそいといわれて
すぐお払いばこに
カメラマンのスタッフになったが
これもいなかくさいといって
すぐに解雇《くび》になった

セールスマンや
トラック貨物の助手
と何でもやったが
どれも長続きしなかった
デパートの屋上の長椅子に寝て
浮雲を見つめながら
自分は中途半端が一番むいていると知った

それでもこんどこそはと
バンドボーイをやった
バンドボーイをやりながら
本気で音楽学校へ通って
とうとう本当の演奏家《ミュージシャン》になった
やっと横文字仕事で
はじめての給料《ギャラ》をもらった
はたちをすぎていた

年老いた母を
いなかから東京によんで
テレビで観る一流歌手の舞台《ステージ》を
劇場の一番前の特別席で観てもらった
オーケストラの中で
ギター演奏するぼくを観て
母は泣いた

座頭市逝く

六本木のナイトクラブで
ぼくらは毎夜モダンジャズを演奏していた
そこへ突然むちゃくちゃ大声はりあげて
背丈高の小太りなやくざ風情な男が
仲間づれで入ってきた

客席のその男と目が合ったとき
突然、彼はマイクをもって立ちあがった
舞台《ステージ》のぼくらにむかって挨拶がわりに
「素敵な演奏ありがとう」といって
ニッと微笑って軀でリズムをとっていた
そしてその男からのおごりだといって
クラブボーイが飲みものと大層なチップを
ぼくらの控え室にもって入ってきた

その夜から男は連中と一緒に
たびたびこのナイトクラブに出没した
予告なしに颱風の如くやってきて
クラブを貸し切り　颱風の如く唄い狂って
ホステスと賑やかに上機嫌で踊りまくって
颱風のように立ち去っていった
その男が「座頭市」を演じたり
「兵隊やくざ」の主演の男であることを
あとで町の映画館の画面《スクリーン》を観て知った
彼の主演の映画ビデオをすべて購い漁った

彼と出会ったその日から　後ろには
彼がぼくを守護《まも》ってくれているのだ
だからこの世でなにも怖いものはないのだと
青春時代のぼくはそう信じこんできた

あの日ニュース速報で彼の訃報を知ったとき
ぼくは朝から仕事休んでビデオ画面の
彼にむかって　彼の冥福を祈って
一日中合掌しつづけた

万年筆

文房具屋の店棚《ウインドー》に

並べられている万年筆を
あれこれ手に取り　ためつすがめつして
穂先を確《しか》と眺める　眺めては
もとの陳列棚の位置におく

いい詩が書けなくなると
まちに一軒しかないこの
文房具屋にやってきては
数種類の太字用の万年筆を
時間をかけてあちらを見たり
こちらを見たり左見右見《とみこうみ》する

戸袋から雨戸を半分引き出して
店仕舞いにとりかかろうとする主人
外では暮靄《ぼあい》が　闇を
のたりのったり這っている

いい詩が書けないのは
やっぱりもしかしたら
万年筆のせいではないかも知れない
財布をふところの奥にしまいこんで
大きく深呼吸を一つしてから
今夜もそっと文房具屋を出る

変梃輪《へんてこりん》な喫茶店《カフェ》

とおくの夕暮の上空に
夢のような虹がかかっている
ひなびたまちのなかほどに
新しくできた喫茶店
珈琲のかおりがまちじゅうに漂っている

こぬか雨ふるなか

わだちをよけながら
ふと思いあまって引き返し
閉店まぎわの喫茶店に入る

細い階段をあがると
せまい店内の突き当たりに
動いているかわからない古い振子時計が
懐しい音で刻《とき》をきざんでいる

壁に珈琲やレモネード
手作りのケーキの名前が
太い横文字ではられていた
鼻をぐずぐずさせながら
マスク姿の目のゆるんだ
小太りの主人《マスター》にあいさつされる
天井に吊るされた箱スピーカーから
ジャズや歌謡曲が流れている
焚立てモカを口にはこびながら
椅子に坐ってカーテンを細く開く

外はもうすっかり闇で
焚火がはぜるような雨音がきこえる
懐しさと今めかしさが混ざった
小さなできたばかりの
変梃輪な喫茶店

太饂飩《ふとうどん》

日が傾いてから
かなり歩いたので疲れる
帰宅のバスの時間もまだある
よい匂いにたまらず

目の前の流しの饂飩屋に入る
金壺眼《かなつぼまなこ》を上目《うわめ》づかいに
夕刊を読んでいた主が手を休め
わたしをじろりと見上げながら
「いらっしゃい」のお愛想笑いをする
客はわたしひとりきり

志野焼丼《どんぶり》鉢に
親指ほどの太さの饂飩が
とぐろを巻いたのを差し出される
柚子や葱をきざんだ濃い目の汁
貝柱のかき揚げが浮いている
それをふうふう手繰ると
太饂飩が喉もとをくぐり抜け
一気に腹の底に流れ込んだ
舌つづみを打ちながら

饂飩があまりに安くて美味いので
つい億面もなく二杯めを頼む
不図《ふと》　時計を見る　いけない
もう最終バスは出てしまっていた
タクシー代がないので
仕方なく二時間かけて
歩いて帰宅することにする

遠くで稲妻が閃《ひらめ》き
風が疾《はし》り　月は雲間に消えて
寒さが軀《み》に入《し》むが
額には汗が浮きでている
急にお腹が不具合になって
上り坂をやっとのことで這い詰める

中腹の隈廻《くまみ》で一休みすると
噯気《げっぷ》と吃逆《しゃっくり》といっしょに

いま食べたばかりの太饂飩が
何と！　蛔虫《かいちゅう》となって
数匹　口からとび出てきた

体長三十センチもある蛔虫が
わたしを見てニッと笑っている
思わず喉元に指を入れ
ぜんぶ蛔虫を吐き出す
蛔虫《やつら》は地面を這い
　にゅうら　にゅうら
　ふにゃら　ふにゃら
　ぐにゃら　ぐにゃら
わたしを追ってくる

逃げ惑う途中で
靴が脱げ　何度も転倒し
やっとこさ家に辿り着いたときには
裸足で軀じゅうが泥だらけになっていた

もう金輪際あの流しの
太饂飩は喰うまい　啜《すす》るまい
主がわたしを屋台から送り出すとき
金壺眼が気味悪く光って
瓜実《うりざね》顔が　にったり
北叟《ほくそ》笑んだ理由《わけ》は
おやじが飼っていたあの蛔虫饂飩を
わたしに喰わせたからだ

裏の小径

大人の背丈ほどの
雑草と笹藪が生い茂る
我が家の裏の小径

土手の途中で
爪先が崖に突き当たって
小径は終わっている

小径のすぐわきに
広い町道が作られてからは
全く人が通らなくなった
こんな崖の下に
家があるのかといって
もう誰もわが家を覗く者はいない

わが家だけのものになった
その小径のまんなかに
きのう植木屋さんにたのんで
太いケヤキとカエデの木を
二本植えてもらった

富士山の天辺から
望遠鏡でわが家を覗くと
この二本の大木が
確《しか》と眼に映るだろう

未刊詩集『老爺《じっ》つぁんの詩《うた》』全篇

老爺つぁん　一

縁側で
朧月《おぼろづき》めでながら
老爺つぁんが
地酒を
びくり
びくり
　喉越しよか
と呑んでいる

老爺つぁん　二

酒も強いが
滅多に酔わない
面《おもて》は笑みが浮いているが
針のように細い眼は
笑っていない

小屋の外では
熄《や》んでいた風が
急に疾り出し
小屋の板戸を叩き
老爺つぁんを招《よ》んでいる
ぼりぼり白い鬢《びん》を掻きながら
老爺つぁんがにんまり項突いた

老爺つぁん　三

丘の上の
崖っぷちに住む
一人暮らしの
老爺つぁん

雨蛙のように
目をぱちくりさせ
　今夜も　雪かのう
富士の笠雲に聞いている

だもんで*
里びとは
雪老爺《じい》とよぶ

＊だもんで……静岡県の方言で、だから

老爺つぁん　四

庭の
餌台で
雀のつがいが
　治癒
　治癒
啼いている
長患いで
やっと床を離れた
老爺つぁんを慮《おもんぱか》って
　治癒
　治癒
囀っている

老爺つぁん　五

朝から
白い霧雨が
けむっている
庭に
遅蟬が
鳴きこめている
落
葉が
ひとぅつ

老爺つぁんの
肩裾に
舞いおりる

遅蟬も
肩につかまって
鳴いている

老爺つぁん　六

椅子に坐って
文庫本を繰っていると
か細い嗄れ声で
だれかがわたしをよんでいる
　老爺《じい》　老爺

外に目を移すと
庇に止まった遅蟬が
さいごの一声しぼって
ぽとりと庭に落ちた
　老爺……

糸瓜《へちま》の
葉
っぱに
蝸牛《かたつむり》が這い
闇が蹲《うずくま》っている

老爺つぁん　七

庭で
尉鶲《じょうびたき》が

老爺《じじ》い
　老爺い
よんでいる

餌台の
餌が
　ないよ
　ないよ
啼いている

どこも
かしこも
雪ばかり
お腹の中も
雪ばかり

何か

喰わせろ
　老爺い
　老爺い
強請《ねだ》ってる

餌が
なけりゃ
　こっちこい
　ちょっとこい
林で小《こ》綬鶏《じゅけい》が招んでいる

老爺つぁん　八

月がない
夜は更けている
今夜も寝つかれず

裏の戸口にへたりと屈み込み
老爺つぁんは闇富士を見ている
顔だけが紙のように
闇に白く光っている

庭の木立で
夢でも見ているのか
瑠璃鶲《るりびたき》が
　ひっ　ひっ
ひっ　ひっ　ひっっ
火打石を打っている

老爺つぁん　九

蝶が二匹
もつれあいながら
鉄条網を越え
演習場に舞い降りた

富士山のどてっぱらに
撃ち込まれた砲弾に
一瞬　老爺つぁんの軀が
大きく揺れた

老爺つぁんが
杣道《そまみち》をよろぼいながら
ぼそぼそ呟くのを
富士が凝っと聞いている

老爺つぁん　十

オスプレイが

離着陸する
富士演習場

すぐ脇坂を
棒切れを杖に
背中を屈めながら
老爺つぁんが帰っていく
熊除け鈴を鳴らしながら

オスプレイの響動《とよ》もしに
耳をふせぎながら
老爺つぁんが
野良着の袖で
頬の涕《なみだ》をぬぐっている

老爺つぁん　十一

演習場の
爆音浴びながら
芝草に坐ると
びっしりつまった
梅干弁当に箸を入れ
飯を頬張った

さ
　もう一仕事
入歯を
爪楊《よう》枝《じ》でせせりながら
旧登山道の雑草を
刈りはじめた

若草山に坐った
お天道さまが
老爺つぁんの顔を
赤く燃やしながら
峰向こうに
ぽとり転がり落ちた

老爺つぁん　十二

黄色い嗄《しゃが》れ声で
客寄せしている
笊《ざる》の中で田螺《たにし》が
口からぷいぷい泡を吹いている

川魚売りは
まっ黒に日灼けした

白い長い眉毛の
老爺つぁん

痩せて背が高く
傘の骨のようで
あは　はは……
うふ　ふふ……
笑う歯のない
老爺つぁん

そうだ
夕飯は
田螺汁にしよう

老爺つぁん　十三

遊《およ》ぎながら
喘《あえ》ぎ　あえぎ
　はあ　はあ
つんのめりながら
山道を下りてきた

　はあ　はあ
　ぜぇ　ぜぇぃ
咳き込み
風を追い抜きながら
隣の家の老爺つぁん

畑から
夕陽を
背負って
荒い息づかいで
帰ってきた

夕陽が
背負子《しょいこ》の中で
　楽ちん
　　楽ちん
云っている

老爺つぁん　十四

開いているのか
閉じているのか
わからぬほどの
木の実のような

ちっちゃな眼

夕餉になると
その木の実のような
ちっちゃな眼が
大きく見開き
きらぎら輝き

老婆《ばっ》ちゃんが
用意したお膳に向かって
深ぶかと背《せな》を折り
合掌する
かわゆい老爺つぁん

このまちには
業突《ごうつ》く張《ば》りで
がんこな老爺つぁんはいない

老爺つぁん　十五

師走の
ぬくい日だまりに
近所のばばさまが
庭雀のように
寄り集まって　互いに
もち合わせのお菓子を
ついばんでいる

きなこもちを
のどにつまらせ
しゃっくりしながら
ころころ笑う老婆《ばば》もいる
つれあいの老爺《おんじい》が
つれあいの老婆さまの

入歯が落ちはせぬかと
集会場の土間にへばりこみ
心配そうにみている

老爺つぁん　十六

申しわけのような
白い残り毛を頭《かしら》の先に
ちょっこり載せている

細い目をなおさら細め
老爺つぁんが　縁側で
親ゆずりの銀煙管《ぎんぎせる》を
美味《うま》そうに吸っては吐き出している
ぽんと煙管を灰吹《はいふ》きへ当て
雁首を打つ音だけが
老爺つぁん家《ち》の
廊下の隅に籠《こ》もっている

老爺つぁん　十七

引越してきたばかりの
どこか灰汁《あく》ぬけた
独り住まいの老爺つぁんが
銀煙管を吸っている
縁側に坐って顎鬚を撫ぜながら

子ども時分に
父の煙草を盗んで
部屋の隅っこで
燐寸《マッチ》を擦った

あのときの硫黄の臭いだ
そうだもんだから*
その硫黄の臭いが
鼻を突き　眩暈がし
一瞬立ち暗みながら
わたしは周章《あわ》てて老爺つぁんに
終《つい》ぞ　深ぶかと
垣根越しにお辞儀してしまった

*そうだもんだから……静岡県の方言で、そうだから

老爺つぁん　十八

いささかの見栄も
気取りも外分もない

古びた家の一室
深夜　天井から
吊るされた電灯の下で
老爺つぁん背《せな》をかがめて
腕を組み　思案にあぐねている

口元だけが
しごくおだやかに笑っている
が　団栗《どんぐり》のような
小さな丸い眼は笑っておらず
紙の切れ端に詩を書き殴る老爺つぁん
矢のように光った眼が
今夜も紙面を疾る

老爺つぁん　十九

庭の
梅が散り
山桃の蕾が膨み
甘く匂うている
朝明《あさげ》から
空は鉛霞んで
雲が低く垂れ籠めている

遠くで
稲妻が疾り
神鳴《かみなり》が空を引っ裂き
通り雨がひとしきり
トタン屋根を烈しく叩く
天空で　厭な奴が
地団駄踏んで暴れている

この冷え込みは
老爺つぁんには強《きつ》すぎる
急いで囲炉裏に火を熾《お》こし
老爺つぁんは頬かぶりしたまま
　うふ　ふ　ふ……
額に深皺笑み浮かべ
蕗《ふき》味噌和《あ》えで地酒を舐める

老爺つぁん　二十

向かいから
老爺つぁんが
夕陽を背負い
ゆるゆるとやってくる

頭から手拭《てのごぃ》をかぶり
片手に元気な竹杖が
老爺つぁんを支えながら
老爺つぁんの先歩きをしている

人とすれちがうと誰彼となく
老爺つぁんは深く腰折ってあいさつする
散歩中の犬が足を止め
老爺つぁん真似てあいさつする

わずらわしいもの
全部かなぐり捨てた老爺つぁんには
命だけが残った
命だけがこうして歩いている

老爺つぁん　終章

床上げしたばかりの
散歩中の老爺つぁんに
老犬が声をかける
よびかけに耳のとおい老爺つぁん
ふりむきもしない

仕方なしに老犬は
老爺つぁんが車にはねられぬよう
自転車にぶつからぬよう
老爺つぁんのズボンの裾をくわえては
道案内している

老犬は
老爺つぁんを連れ

横断歩道を
汗かきかき
ようやく渉る

老爺《じじ》さま　一

愛想とか
愛嬌とか
およそ縁がない
気むずかしい顔
押しが強い顎骨《がっこう》の張った
鬼瓦のような四角い顔だ

その顔が　朝夕
富士山に対って
深く頭を垂れ　懇ろに合掌する

やがて穏やかな好好爺の顔となる
須走にはそんな
山守老爺さまが幾人《いくたり》もいる

老爺さま　二

神社の境内で
茶店の老爺さまが
わたしに耳語《みみうち》する

おりゃな　むかあし
この界隈では
泥亀《すっぽん》の親分とよばれていたんだ
ずんぐりまるまる肥えた胴体に
ちょこなんと小さな頭《かしら》がのっている

渾名《あだな》というものは
よくもまあ本物に似ている

老爺さまは
実に狡猾《こうかつ》で
老獪《ろうかい》で
名弁だ

老爺さま　三

藪の中で
蔦《つた》みたいな
うねうねと延びた
山地図にも載っていない
長くて太い洞窟を
老爺さまが発見する

急いで山を駆け下り
山長《やまおさ》に知らせ
何度も捜査を続けたが
御胎内洞窟は
とうとう発見されなかった
地元衆は　老爺さまを
洞《ほら》吹き老爺と呼ばばっている

老爺さま　四

顔は皺だらけなのに
目が子どものように澄んでいる
激しい山仕事しているのに
両の手の平が赤子のように柔らかい
それでいて湯女《ゆな》のように

顔が赤く火照っている
それでありながら
夜は子どもみたいによく眠る
身が猿のように敏捷で
山脛を軽々と飛び跳ね登っていく
そんな老爺さまをいじりからかう者もなく
地元衆はみな猿老爺とよび睦まじんでいる

老爺さま　五

回覧板をもって
林のなかに引越してきたばかりの
灰殻な家をたずねる
襯衣《シャツ》の間から
骨が浮き出ている八十路がらみの
白い髪の老爺さまがわたしのあいさつには
返事もせずに回覧板を受けとる

鶴のように痩せてはいるが
落ちくぼんだ細い目は
獲物を狙う猛禽のように光っている
針のようなその細い目が
わたしの頭から靴の先まで視ている

丸眼鏡をとがった鼻先に
ちょこんとのせた長身痩軀《そうみ》の
洋館に引越してきたばかりの老爺さまだ
わたしを変梃輪《へんてこりん》な老爺さんだと
最初《はな》からずっと視ている

老爺さま　六

誰のせいでもない
お腹をすかし
つむじまげ
駄々っ子のように
目元しかめてすねる

ときには
仲間とのささいなことで
かんしゃくをおこし
家にこもりっぱなし
目の奥をつんとして
涙をこぼす

台所を這い回る
蜚蠊《ごきかぶり》のような
一人住まいの老爺さま
そんな老爺さまを
社会の藪漕《やぶこ》ぎから
見つけ出しては救い出し
心を癒やし和ませてくれる　富士山

ああ
老爺さまは
ガキの時分から
富士山には頭の下げっぱなし

老爺さま　七

老爺さまが
丹誠こめて植えた

桑の木　栗の木
柚の木　金柑
枇杷《びわ》に　梅の木
李も　桃も
今年もたわわに実をつけた

ゆんべ寝時に
蜜柑を沢山《ほおたら》
喰った老爺さまが
急に具合が悪くなり
そのまま寝こんで
そのまま逝った

老爺さま　八

甘柿　渋柿
壺柿　富有柿
熟柿に乾柿
柿のことなら
何でも彼《かん》でも
老爺さまが話してくれた

庭に十種類の
柿の木植えて
柿の木終日《ひねもす》眺めてた
柿の木根っこ枕に
転《うた》た寝ながら
柿老爺さまそのまま逝った

鴉の群れが
木《き》守《まぶ》り柿に
追い縋《すが》り
　クァウ　クァウ

かなし　さみし
啼いている

山守老爺《じい》さま　一

老爺さま
痩《や》せたね
痩せて
蛸《たこ》の足のようだね

むかあし登山者の
重い荷物背負って
頂上を往復した
強力《ごうりき》さんだったんだね

だから　老爺さま

毎日こうして
富士山の天気
心配しているんだね

山守老爺さま　二

けさの富士は
鬼神《おにがみ》のような
怖い顔して
深く考えこんでいる

軽々しく項突《うなず》かない
頭《かぶり》も振らない
そんな富士に

何卒　ご機嫌を

なおして下さい
老爺さまが頼みこんでいる

山守老爺さま　三

明けがたの
富士に対って
　ありがとう
を口遊《くちずさ》む
そんな独り言が
癖になっている

朝明《あさげ》の
富士山《おやま》に
深ぶかと
おじぎしてから

新米こしひかりの
粒立ちおにぎりをほおばる

ほおばりながら
木の根坂を白鼬《おこじょ》のように
せかせか上っていく老爺さま
腰に竹水筒がくっついている
そう　おっこちぬよう
しっかりつかまっている

凧の
骨のような
爺さまが
仁王立ちして
富士山を臓腑の底に
思いきり呑みこんだ

ああ　これで　今日も
　百千万倍の力がでる
老爺さまが　富士山に
ぺこりと頭を下げ
た

山守老爺さま　四

皺だらけの
顔と首には
汗が一粒も
浮かんでいない
汗も涸れてしまうほど
老いている

その年暮れた軀で
まだ富士山の
お役に立ちたいなんて
もう心の臓も弱りきって
寝てるあいだに
呼吸《いき》も止まるかも知れない

だもんだから*
老爺さまは
これからも富士山《おやま》に這入って
登山道のごみ拾いや
立木の枝払いをして
まだまだ登山者の
お役に立ちたいんだ

*だもんだから……静岡県の方言で、であるから

老爺《ろうじ》　一

火鉢の灰のような
血の気のない顔の老爺
茶碗酒を啜っていたが
柱時計の振り子の音に合わせるように
午後の猟に出る

橅《ぶな》と楢《なら》の林の山腹を
山風が唸りを立てて疾り
手拭《てのごい》をかぶった老爺の頰は
ちょぎれんばかりに痛い

老爺には片腕がない
器用に片方の手で筒を打つ
老爺には勢子がいない

老爺　二

狩小屋の
板羽目の隙間から
雨あがりの小陽射しが
わずかに射し込み
屋根の連なりの向こうで
猪を追う老爺の筒音が響く

高窓から背のびして
老爺の帰りを待つ孫娘の双眸《ひとみ》が
心細げに慄えて光っている
小屋の板戸には
老爺が掛けた重い錠前が
しっかりおろされている

老爺　三

板戸の
隙間から
稲妻が疾り
土間の隅の階《きざはし》で
老爺が
茶碗で地酒をなめている

近くの
猟場で
猟師仲間の筒音が
軒先に積もった雪を
屋根から滑り落す

狩小屋裏の
すぐの脇みちを
猪の群れが
けたたましく
逃げ廻り

老爺の
皺に埋もれた両眼が
筒音に合わせるように
この瞬間《とき》
針のように光る

老爺は
茶碗酒を
一気に喉元にすべらせてから
筒を肩にかけ
狩小屋の外に飛び出す

引鶴の
群れが
羽音を立て
北へ帰る
誰《た》そ彼《がれ》どき

老爺　四

身を縮めて
歯をがたがた鳴らし
歯の根が合わぬほど震えている
腕や脚をさすって
暖をとるしかない
火種がなくて
火を熾《おこ》せない

樵夫《きこり》や
山守の仲間《とも》がいたら
一緒に炭焼き小屋で
何とか軀を暖められるのだが……
突然の豪雪　杣《そま》坂で道を失い
やっとこさ小屋に辿り着いたものの
老爺は今は独りで凍えるしかない

戸口で
雪宿りするのか
親鹿が仔鹿の軀を
なめているのが
板戸の隙間から見える

と　小屋の近くで
猟師《なかま》の筒音が響動《とよ》もし
転瞬　鹿の親子が

飛び跳ね　立ち去った
筒音が後を追う
老爺の細い躯が
一瞬　小さくすぼむ

老爺　終章

乾いた
土煙が
目に入って
目があかない

ダンプに運ばれた
アスファルトの下で
稲田が閉じ込められて
もがいている

集落には
太い道路が
もう一本できる
ここを横断するけものたち
また行き場を失うだろう

老爺が砂埃のなかで
里ことばを独り言《ご》ちながら
目を大きく見開き
重機が通りすぎるのを見ている

やがて老爺は目を瞑《つむ》り
両手で頭を抱えだした
ダンプの運転手がスマートフォンを片手に
老爺のすぐわきを猛スピードで走り去った

未刊詩集『一齣の詩《うた》』全篇

師走

掘り炬燵《ごたつ》に
軀を丸めて
こたつむりしながら
柿の種を喰う

顎鬚

鏡を
見ないで
顎鬚　一本
抜いてみる

頭髪より
寂しびに
白く光っている

鬼蜻蜓《おにやんま》

芒の穂に
鬼蜻蜓が
翅を休めている

鬼蜻蜓の
澄んだ眸《ひとみ》に
峰の陽が

ゆっくり

ゆぅっくり
堕ちていく

地蔵さま

子どもらが
沢で掻《か》い掘りしている
すぐ脇で
地蔵さまが
泥に塗《まみ》れて
泣きべそかいている

切紙《メモ》

わたしの
冗々《くだくだ》しい手紙とちがって
　逢いたいから
と一行だけの切紙が
郵函《ポスト》に入っていた

翫《もてあそ》ぶ

幼児が
おちんちん翫びながら
土手のうえでおしっこしている
父親が
真っ白《さら》な富士山に
ぺこりとおじぎした

木洩れ陽

木洩れ陽の
在処《ありか》を探していると
木洩れ陽を
木の実とまちがえた
栗鼠《リス》と目が合う
双方《どちら》も吹き出してしまう

雨のにおい

窓から
白い蝶が
一匹入って
部屋の中を
低くただよっている
羽根が重そうだ
雨のにおいがする

馬追い

お勝手で
夕飯を喰っていると
庭の隅で
馬追いが
お腹
　すいっちょる
　すいっちょる

鳴いている

交尾遊戯《ごっこ》

今夜も
天井裏で飼猫が
二匹で巫山戯《ふざけ》るのか
走り回るのに目が醒める

ねずみを追うのでもなく
かけ回るのが急に止む
懐中電燈をしのばせ
天井裏を卒度《そっと》のぞくと
仔猫同士が抱き合っている
寝転んで組打ちをして
互いに甘噛みをし　絡《から》み合い
前肢で突っ張り合いをしている
艶《なまめ》かしい声をあげ
交尾遊戯《ごっこ》をしているらしい
卒度天井を閉めてやる

富士螢

朝方
書斎の隅で
細長い小さな灯《とも》りが
青白く光を放っている
昨夜《ゆんべ》
路地裏に

迷いこんだ
富士螢だ

孫が
網で掬ったのが
虫籠の中で
点滅している

露草の
　露を舐めたい
　呑みたい
云っている

猿《ましら》

裏の
林の枝で
頭に雪をのせた
猿が　今朝もきて
泣いている

　もう　何も
あげるものないからね
と云っても泣いている
　そうじゃ
　ないんだよ
侘しらに泣いている

九官鳥

帰宅すると
口まね巧みな

籠の中の九官鳥が
わたしに笑いかけながら
悪態ついた

　モットハタライテ
　モットイイ詩カイテ
　アッハハ　アッハハハハ
妻の声だ

軒雀

かさりこそり
がさりごそり
落葉をかきわけ
散らしながら
軒雀が木の実や
虫を探している
目をぼっちりしばたき
道路わきの赤いポストが

木の葉を散らさぬよう
軒雀に注意を投げるが
彼らにはポストの声が
届かない

白い塊《かたまり》

天空に
筋雲が浮いている
夕闇が
あたたかい

道ゆくひとの
声が高くきこえる

軒先の
燕が　一羽
わたしの肩に
白い塊を置いて
物干竿を掠めて
青空へと舞い上がった

嘯《うそぶ》く

隣の娘が
夕陽に対って
低く歌を口吟《くちずさ》んでいる

涙をこらえて
口縁《くちべり》を嚙んでいる

窓の夕陽が
またかと嘯き
見て見ぬふりしている

晩歌

鶴のように
首を真っ直ぐ伸ばし
最高音域《ソプラノ》を
木の梢で張り上げている
誰も聞いていないのに

金切り声で晩歌を唱う　百舌《もず》

浮いていた入道雲が
急いで立ち去った

影　一

水面を
枯れ葉が
ゆぅくり
下流に
はこばれていく

川に落下した
末枯《すが》れ葉のような
わたしの影も
あぶあぶしながら
流されてゆく

影　二

交差点の手前で
誰もいないのをみはからって
爪先き立ちで
二歩三歩と前進し
踵《きびす》を返しては
今夜も鼻歌交じりの
奴踊《やっこおどり》を繰り返す
　テカテカチンチン
サア　テカテカチンチン

背中《そびら》向こうで
もうひとりの自分が
闇路を跳ねている
　テカテカチンチン
　テカ　チンチン

案山子　一

茅葺《かやぶ》きの
尼寺から
梵鐘が
山間の集落に
眠たげに届く夕垂《ゆうた》れ刻《どき》

尼寺
近くの
田圃では
セーラー服を
着た案山子が
耳をふさいでいる

案山子　二

案山子の
浴衣の袖が
強風にあおられ
案山子が寒がっている

稲雀が
吹きとばされぬよう
案山子の菅笠につかまり
悲鳴をあげている

夕陽が
沈むのを忘れて
畦みちを
往ったり
来たりしている

蛇《くちなわ》＊1　一

彼岸
入りの
午さがり
穴　惑《あなまどい》＊2が
石垣にすがって
日向ぼっこしながら
居眠っている
疣蛙《イボガエル》が
穴惑の
寝顔を
凝っと視ている

＊1　蛇……朽縄に似ているヘビの異称
＊2　穴惑……秋の彼岸を過ぎても穴に入らずにいるさまよえるヘビをいう

蛇　二

一本の縄が
電線に吊り下がり
風もないのに動いている

目を凝らすと
三尺ばかりのその縄が
上手く軒下を這っている

あっ、野太い朽縄《くちなわ》だ
一瞬にして燕の卵を全部
呑み込んでしまった

軒周りで
燕の番が
卵を返せと騒ぎ立てている

朽縄はわたしを
白い目で睨みつけてから
軒裏へするっと消えた

里回り*

石垣で
里回りが
口に牛蛙を銜え
呑み込めぬまま
もがき苦しんでいる

わたしが
木の枝で
里回りの頭を小突くと
彼は牛蛙をやっと吐き出し
目を白黒させながら
石垣の穴へと消えた

* 里回り……アオダイショウの異称

日向ぼこり

冬眠から
目覚めたばかりの
雨蛙

岩とまちがえ
とび跳ねたところが
蛇の頭上

蛙は蛇の頭上で
うとうとと
居眠りをはじめる

雨蛙は
蛇が
天敵だとも知らずに

冬眠から
目覚めたばかりの
ど太い青大将

青大将は頭上の蛙が
土の欠片《かけら》だと
すっかり思いこんでいる

鶯

草原で
出会って
番《つがい》になった
うぐいす

竹藪で
一緒に
暮らして
子どもを産んだ

親に似た
歌の下手な
子どもを
産んだ

その子どもも
親になって
歌の下手くそな
子どもを産んだ

その子どもの
子どもも又親になって
草原一の親ゆずりの
歌の音痴《へたくそ》な子どもを産んだとさ

僕はぼんやり

空が澱んだ夕つ方
鮎沢川の畔に立っていると
　この邪魔臭《くせ》え
阿呆陀羅奴《め》が
と厚顔《あつかま》しい一陣の木枯しが
僕を揺振《ゆさぶ》りながら
赤目《あかんべ》して吹いて去《い》った
僕はぼんやり　富士山の
巻雲を眺めていたのに
ただそれだけなのに

朗読会でのスピーチ

　忍城春宣です。少しこむずかしい話になりますがお付き合いください。

　お話しするまでもありませんが、現代詩とは、口語自由詩を指します。平常の話し言葉で、人間とは、自然とは、社会とはなにかという深遠なテーマを追求する短詩形文学です。

　現代詩の沃野《よくや》は（大地は）限りなく広く、深いものになっていて、詩の対象は何でも自由に、自分の言葉でしなやかに書けるのが現代詩の特徴です。かつての「歌う詩」から「考える詩」への、その根幹に瑞々しい抒情詩の伝統が流れている、いわゆる花鳥風月のジャンルはもはや現代の詩ではなくなっています。

　私の詩の原点はリアリズム（現実主義）にあります。自然や社会を写実的に捉え、それに叙景と心模様を滲《にじ》ませた情景描写の観察詩です。

　私は詩を書く時、その現場に何度も足を運びます。自分が感動せずして、我が身を炎と燃やさずして、人の心を揺り動かせるはずがないからです。現場は私の詩心そのものですから、詩は私の生き様そのものですから、読者の皆様に同一体験をしていただきたいのです。詩作は闘いであり、詩とはやむにやまれぬ魂の叫びです。詩の舞台となった富士の山峡《やまかい》のさと須走を、自分の目で確めようと何人もの詩人が訪れています。

「古今和歌集」の詠み人知らずの一首に、「君が代は　千代に八千代に　さざれ石の　巌となりて　苔のむすまで」とあります。この千代に八千代にの語句には「長くあれ」という祈願の意味が含まれています。

詩とはこの和歌と同様、つきつめて考えれば遺言であると思います。人はこの地上にいつまでも生存しつづけることはできません。だがその生を証す言葉は死後も残り、もしそれが強い力をもつならば、人々の心に刻まれることになるでしょう。即ち詩が永遠のものであるとするならば、そのような時間に堪え得る詩でなければなりません。人間の命は有限ですが言葉の命は無限です。

つまり詩とは過ぎ去るものを言葉という舟で、遠い未来に永遠の世界に運ぶものだと思っています。だから詩人は詩を書くだけでなく、すぐれた詩を流布することを使命としなければなりません。

私たちの詩も、人の心にいつまでも寄り添える素敵な言葉を、胸中から迸《ほとばし》り出る真《まこと》の言葉を、誰にも解る言葉で誰にも書けない詩をこれからも紡いでいきたい。そんな思いを込めて綴った忍城春宣詩集です。

平林敏彦さんは、「この詩集を手にした読者は、悲喜こもごものノスタルジーを作者と共有し、さまざまに生きる日の愛と哀しみを知ることになるだろう」と、詩集の刊行にメッセージを寄せてくださいました。

河野俊一氏からは「詩と思想」で『「山里暮景」の連作や「郷《さと》時雨」などを読んでいると、立原道造や津村信夫がもし八十代まで詩を書き続けていたら、などという思いが頭の中をよぎったことです』と書評を書いてくださいました。

最後に忍城春宣詩集から四篇を朗読して、スピーチを終わります。

——朗読——

転々と（年譜に代えて）

一九四二（昭和十七）年、静岡県富士市に生まれる。本名、仲澤春宣。

十一人兄弟のうち長男次男が戦死。家計が楽ではなかったので、末っ子の私は給油所のスタンドボーイ、仕立て職人の見習い、大人に混じって土木作業所に勤めながら夜学に通うが、校規違反を起こして放校。

十七歳で上京。深夜のドン行で、東京へ出たもののすぐに一文無しに。泊まる場所もなく、街を彷徨っているところを中華料理店の主人に声をかけられ、食事をご馳走になる。そのまま住み込みで中華料理店の皿洗い、出前持ちなどして暫く働かせていただく。その頃の私は誰からも、愚図だ木偶坊《でくのぼう》だと揶揄嘲弄される。帰ってゆける場所もなかったから。

私は常に街中《なか》を滄浪《よろぼ》いながら虚空に絶叫した。私が詩に近づいたのはこの頃である。否、詩が私に近づいて来たと言えるかも知れない。

そんな他愛のない詩との出合いのなかで、恩師・北川冬彦の門下となり、月刊誌「時間」に同人作品を発表する。筆名、忍城春宣。十九歳。

中華料理店を辞めてから、時計卸業の販売員、製麺所の店員、出版社の雑役、古紙回収業を経て、バンドボーイをやりながら音楽院を卒業。ビクターレコーディングオーケストラに専属ギター奏者として在籍する。二十一歳。

其の後フリーとなり、スタジオミュージシャン、日劇、国際劇場、帝国劇場、民音、ロッテ歌のアルバム等に長期出演。傍ら念願のジャズ喫茶を経営するも、過労のため腱鞘炎にかかり音楽生活を断念。青春の躓《つまず》きと職業の遍歴のなかで良き伴侶を得て結婚。二十八歳。

一変して建具職人の見習いとなるが勤め先が倒産する。この時期、妻子を連れて職探しに走り回る。新聞広告を頼りに起業した会社が、オイルショックの影響で再び倒産の憂き目を見る。更に芝販売業を興すがこれも取引先の倒産のあおりで撤退。

一九七六年、多額の借金を抱えながら書店経営に乗り出す。三十五歳。

二〇〇一年と二〇〇二年に、中学校の同窓生、地元の有志により「忍城春宣詩碑」二基が贈られる。

三度目の癌を患い、入退院を境に三十年間の書店事業を二〇一〇年に断腸の思いで廃業。六十五歳。

其の後、体調快癒を機に知人の事業を最後のみやづかえとして手伝いながら詩作に専念する。依って件《くだん》の職業と住居を転々と変えたが此処《ここ》富嶽の里、須走が終の住処となるか。

二〇二一（令和三）年、世界文化遺産、富士山東本宮、冨士淺間神社境内鎌倉往還に、三基目の「忍城春宣詩碑」が忍城春宣詩碑の会より建立される。

日本詩人クラブ会員。（北川冬彦氏推薦）

日本文藝家協会会員。（早乙女貢氏推薦）

静岡県詩人会会員。三島詩の会会員。

「ちぎれ雲」同人。（中原道夫氏主宰）

忍城春宣詩集一覧

一九六二年『夕告げびとの歌』弥生書房
一九七二年『慈悲抄』詩彩社
一九九六年『叱られて』詩学社
一九九六年『二十歳の詩集』宝文館
一九九六年『風死なず』花神社
一九九八年『あなたへ』日本図書刊行会
二〇〇〇年『もいちど』土曜美術社出版販売
二〇〇七年『須走界隈春の風』土曜美術社出版販売
二〇二〇年　新・日本現代詩文庫151『忍城春宣詩集』
（未刊詩集五冊）土曜美術社出版販売
二〇二四年　新・日本現代詩文庫166『新編忍城春宣詩集』
（未刊詩集六冊）土曜美術社出版販売
二〇二四年　新・日本現代詩文庫167『新新忍城春宣詩集』
（未刊詩集六冊）土曜美術社出版販売

あとがき

鳥籠が
茶室の棚に
埃をかぶっている

建具職人の兄が
煤けた竹ヒゴで編んだ
鳥のいない鳥籠だ

兄が
この世に残したものは
たったそれだけ

わたしが身罷《みまか》ったら
家族がわたしの詩集を
本棚の隅にでも置いてくれるだろうか

二〇二四年九月十五日

忍城春宣

解説

富士山に向かう六冊の登山道

田中健太郎

　かつて私は、新・日本現代詩文庫151『忍城春宣詩集』（二〇二〇、土曜美術社出版販売）を読んで、忍城春宣の詩業について「富士山に纏わる百科事典《エンサイクロペディア》」であると書いた。
　このたび忍城春宣は、さらに六冊分の未刊詩集を「新編」としてまとめ、さらに六冊分を「新新」として同時に出版されるとのことである。詩人による「富士山百科事典」はさらに非常な勢いで項目を増加させている。
　日本一の山であり、世界遺産として認められた文化遺産である富士山は、もとより巨大な存在である。その最も近くの「須走」の地に住み着いた詩人が、その生業を命の限り継続しているということなのであろう。未刊詩集の各巻について、紹介を試みたい。
　未刊詩集一冊目は『富嶽群青』。冒頭から、富士山が詩そのものであると主張する。

近づくと
富士山が
詩であることに気づく

（「富士山　一」全行）

目をつぶると
富士山の
すべてが
詩となってゆく

（「富士山　二」全行）

　富士山が体現する「詩そのもの」を人間のわかる言葉に書き写していくことが忍城春宣の使命感なのであろう。「真珠《ぱーる》富士」、「光《てかり》富士」、「素裸《すっぱだか》富士」、「熟柿富士」と、様々な時候の富士山に詩人は新しい名前を与えていく。

縁側に／坐って／柿を喰っていると／　ひいよ／ひいよ／白頭鳥《ひよどり》に／強請られる／／　そんなに／　美味《うんみ》ゃぁなら／　わしにも喰わせろ／富士にも／強請られる

（「強請《ねだ》り富士」全行）

富士は詩人にとって、単なる巨大なモデルではない。時に、ヒヨドリと一緒に柿をねだったりと、詩人に常に話しかけてくる存在である。そして、富士は詩人と遊び、詩人の目から身を隠すこともある。

時雨がやみ／中天に　虹がかかり／／虹橋に／富士が坐っている／／虹が／消えた瞬間／／富士が／まっ逆さまに／／虹橋から／落下した

（「落下富士」全行）

忍城春宣の富士への愛は、次のような詩に結晶している。

高原に
屹《きりっ》と立つ

富嶽

群青

口元の
涙をぬぐう

（「富嶽群青」全行）

富士山と語り合い、乾杯し、彼の感情を読み取り、その孤独を慰めようとする。さらに、富士山の方が、詩人の機嫌を尋ねてきたりもする。詩人と富士山との、深い深い交歓を味わっていただきたい。

未刊詩集二冊目は『富士山登山道』。この詩集では、富士山にアプローチしていく様々な人間たちの姿が描かれる。

これから／富士の／山懐《やまふところ》に／／抱かれようと／背負《リュッ》袋《ク》の紐を／しっかり握り締める／／目を閉じ／富士《おや》山《ま》の／山肌に対かって／／ねんごろに／頭《こうべ》を垂れる／登拝者

（「富士山登山道　一」全行）

こうした「富士山登山道」が「終章」を含めて二十四篇も連ねられている。この詩集においても、「峰向こうの／突兀《とっこつ》富士の／切っ先に／熟柿斑《じゅくしまだら》の夕陽が／突き刺さり光《てか》っている」（「夕月峠　四」部分）とか、「岩肌に／耳をあてると／富士山の鼓動が聴こえる／富士山の羊水が頬を垂れる」（「六合目」部分）のような、毎日富士を見ている者だけに可能な、超絶的なまでに美しい描写が溢れている。

未刊詩集三冊目は『須走素描』。須走の地を訪れる「旅の者《もん》」たちのスケッチ。

旅の者が
リュックと一緒に
仲よく富士に頭を下げている

（「旅の者《もん》　一」全行）

「旅の者　四」で描かれているように、ここ須走の地では「みな誰もが」富士山の「虜《とりこ》になる」。「須走は／どこを歩いても／本物の富士山に出会える」（「須走　一」全行）のである。須走では「くもの／なかに／まちが」あり、「まちの／なかに／くもが」あって、「くもと／まちが／いっしょ」「富士も／ひとも／いっしょ」（「須走　五」全行）である。本当に寒い土地で、商店が逃げ出して不便であったりはするが、なによりも富士山を誇りに感じているのが須走の町なのである。

まちのなかに／富士が　どっかと坐り／道路を塞

いでいる／／風花が舞い／雪虫が翔び交い／雲海が揺蕩う／／山峡《やまがい》の　日本一／ちっちゃな天空のまち／世界一の富士がある

（「須走　三」全行）

神仙の地である富士山の裾野に、自衛隊演習場やそこで飛び交う戦闘機などが存在することについての憤りも、詩人は忘れずに書き残している。富士山はそうした異物を大きな懐に受け入れながら、世の争いを苦々しく思っているのである。

遠くの国では大人たちが／戦争ばかりしているね／何がおもしろいのかね

（「独り語り」第一連）

富士山も／もう何日も／厚い雲の中だね

（「独り語り」第五連）

未刊詩集四冊目は『須走びと』。須走に住む愛すべき人々の描写が重ねられる。「新編」の中心をなす詩集である。

来るひと
往くひと
土地のひと

みな
いい
顔になる

富士山の
雪の
においがする

（「須走びと　一」全行）

ひとりの「放蕩息子」は行方知らずとなっていたが、

郷土料理の餺飥《ほうとう》を食べたくなって十年ぶりに帰ってきた（「須走びと　二」）。旧盆までに帰ると言って家を出た、「ひとり息子」は何年経っても戻ってこない（「須走びと　三」）。様々なドラマが、少ない言葉で描かれる。

泥鰌《どじょう》のような／薄眉の下に／木の実ほどの／一重
のちっちゃな目が／申し分けなさそうにくっつい
ている

この男は　富士山が／空に浮いてさえいれば／実
に陽気で　笑顔をたやさぬ／そのくせ空に富士が
ないときは／無口で誰が話しかけても／沈んだ顔
して喋りたがらない

そんな彼に似た性質《たち》の男衆《おとこし》が／この土地《ところ》にはやた
らと多い

（「須走びと　七」全行）

忍城春宣の自画像とも言えそうな男は、須走の男たちを代表している。富士山とともに生き、山道ですれ違っては挨拶を交わし、酒を飲み交わす。老人がいる。障害者がいる。この地を離れ、やがて戻ってきた人たちもいる。その様々な人たちが発する、例えば「すんまんなあ」のひと言に、その人の来し方のすべてが歌い込まれている。

三十四まである「須走びと」のしめくくり、「須走びと　三十三」と「須走びと　終章」には若かりし詩人と須走との出会いも告白されている。さらに、窓からこぼれてきたピアノソナタ「月光」を聴きながら、「妻の手をしばらくぶりに握って」帰る、元プロの音楽家でもあった忍城春宣のロマンチストの一面も描かれている（「月光」）。

未刊詩集五冊目は『老爺《じっ》つぁんの詩《うた》』。一九四二年生まれの詩人は、いまだ非常に活動的ではあるが、やはり「老爺つぁん」と呼ばれても良い年齢ではあろう。ここで描かれるのは忍城春宣の自画像であったり他者であったり、その境界線は曖昧であって良いのかもしれない。

須走の老爺つぁんたちは、酒が好きで、酒に強い。一人暮らしでも、本当は富士山と同居している。病に伏せっていると、雀の夫婦が慰めにきてくれる。ジョウビタキが、コジュケイが老爺つぁんを呼んでいる。

オスプレイが／離着陸する／富士演習所／／すぐ脇坂を／棒切れを杖に／背中を屈めながら／老爺つぁんが帰っていく／／オスプレイの響動《とよ》もしに／耳をふせぎながら／老爺つぁんが／野良着の袖で／頬の涕《なみだ》をぬぐっている

（「老爺つぁん　十」全行）

ときには弁当を食べる老爺つぁんが、演習場の爆音を浴びせられることもある。しかし、そのことを嘆いても、多くは語らない。「わずらわしいもの／全部かなぐり捨て」て残った「命だけ」が歩いているのが、須走の老爺つぁんなのである。

口元だけが
しごくおだやかに笑っている
が　団栗《どんぐり》のような
小さな丸い眼は笑っておらず
紙の切れ端に詩を書き殴る老爺つぁん
矢のように光った眼が
今夜も紙面を疾る

（「老爺つぁん　十八」第二連）

「新編」に納められた六冊目、最後の未刊詩集『一齣の詩《うた》』は詩人の眼が写し取ったスナップ写真のアルバムである。眼のカメラで写すには、道具も技術もいらない。ただ、「何に眼を向けるか」ということだけが勝負であるが、忍城春宣のカメラはどこにでもありそうな光景から、とびきり素敵な一瞬を次々に見いだしては、本当に忙しくシャッターを切るのである。

窓から
白い蝶が
一匹入って
部屋の中を
低くただよっている
羽根が重そうだ
雨のにおいがする

（「雨のにおい」全行）

誰にも親しみやすく、飾らないやさしい言葉で書かれた忍城春宣の詩に、本来、解説は不要である。しかし、目の前に積まれた六冊分の未刊詩集の山に、どの登山道からトライするか。その道標として、それぞれの未刊詩集の魅力を紹介させていただいた。読者の参考になれば幸いである。

本詩集は、過去二年間（二〇二二、二三年）に著した未刊詩集十二冊の内の前半の六冊で、新・日本現代詩文庫151『忍城春宣詩集』（二〇二一年）の続編である。

新・日本現代詩文庫 166 新編 忍城春宣《おしじょうはるのぶ》詩集

発 行 二〇二四年九月三十日 初版

著 者 忍城春宣
現住所 〒四一〇—一四三一
静岡県駿東郡小山町須走三〇〇—二四

装 幀 森本良成

発行者 高木祐子

発行所 土曜美術社出版販売
〒162-0813 東京都新宿区東五軒町三—一〇
電 話 〇三—五二二九—〇七三〇
FAX 〇三—五二二九—〇七三二
振 替 〇〇一六〇—九—七五六九〇九

DTP 直井デザイン室

印刷・製本 モリモト印刷

ISBN978-4-8120-2863-6 C0192

新・日本現代詩文庫

土曜美術社出版販売

- ⑭① 小林登茂子詩集　解説　高橋次夫・中村不二夫
- ⑭② 万里小路譲詩集　解説　近江正人・青木由弥子
- ⑭③ 稲木信夫詩集　解説　広部英一・岡崎純
- ⑭④ 清水榮一詩集　解説　高橋次夫・北岡淳子
- ⑭⑤ 細野豊詩集　解説　北岡淳子・下川敬明・アンバル・パスト
- ⑭⑥ 川中子義勝詩集　解説　中村不二夫
- ⑭⑦ 山岸哲夫詩集　解説　井坂洋子・藤本真理子・苗村吉昭・武田肇
- ⑭⑧ 天野英詩集　解説　小川英晴
- ⑭⑨ 愛敬浩一詩集　解説　村嶋正浩・川島洋・谷内修三
- ⑮⓪ 山田清吉詩集　解説　松永伍一・広部英一・金田久璋
- ⑮① 忍城春宣詩集　解説　野田新五・周田幹雄
- ⑮② 丹野文夫詩集　解説　倉橋健一・竹内英典
- ⑮③ 関口彰詩集　解説　松本邦吉・愛敬浩一
- ⑮④ 清水博司詩集　解説　麻生直子・愛敬浩一・岡和田晃
- ⑮⑤ 室井大和詩集　解説　埋田昇二・柏木勇一・高山利三郎
- ⑮⑥ 山口春樹詩集　解説　苗村吉昭
- ⑮⑦ 佐川亜紀詩集　解説　石川逸子・権宅明・韓成禮
- ⑮⑧ 岸本嘉名男詩集　解説　有馬敲・倉橋健一
- ⑮⑨ 加藤千香子詩集　解説　瀧壽齋代子・長谷川龍生・こたきこなみ・原田道子
- ⑯⓪ 橋爪さち子詩集　解説　河津聖恵・古賀博文・高橋玖未子
- ⑯① 入谷寿一詩集　解説　中原道夫・中村不二夫
- ⑯② 重光はるみ詩集　解説　井奥行彦・以倉紘平・小野田潮
- ⑯③ 会田千衣子詩集　解説　江森國友
- ⑯④ 佐藤すぎ子詩集　解説　田中眞由美・一色真理
- ⑯⑤ 佐々木久春詩集　解説　中村不二夫・鈴木豊志夫
- ⑯⑥ 新編忍城春宣詩集　解説　田中健太郎
- ⑯⑦ 新新忍城春宣詩集　解説　田中健太郎
- ⑯⑧ 中谷順子詩集　解説　冨長覚梁・根本明・鈴木久吉
- ⑯⑨ 田中佑季明詩集　解説　渡辺めぐみ・齋藤貢

〈以下続刊〉

- ① 中原道夫詩集
- ② 坂本明子詩集
- ③ 高橋英司詩集
- ④ 前原正治詩集
- ⑤ 三田洋詩集
- ⑥ 本多寿詩集
- ⑦ 小島禄琅詩集
- ⑧ 新編菊田守詩集
- ⑨ 出海溪也詩集
- ⑩ 柴崎聰詩集
- ⑪ 相馬大詩集
- ⑫ 桜井哲夫詩集
- ⑬ 新編島田陽子詩集
- ⑭ 新編真壁仁詩集
- ⑮ 南邦和詩集
- ⑯ 星雅彦詩集
- ⑰ 井之川巨詩集
- ⑱ 新々木島始詩集
- ⑲ 小川アンナ詩集
- ⑳ 新編井口克己詩集
- ㉑ 新編滝口雅子詩集
- ㉒ 谷　敬詩集
- ㉓ 福井久子詩集
- ㉔ 森ちふく詩集
- ㉕ しま・ようこ詩集
- ㉖ 腰原哲朗詩集
- ㉗ 金光洋一郎詩集
- ㉘ 松田幸雄詩集
- ㉙ 谷口謙詩集
- ㉚ 和田文雄詩集
- ㉛ 新編高田敏子詩集
- ㉜ 皆木信昭詩集
- ㉝ 千葉龍詩集
- ㉞ 新編佐久間隆史詩集
- ㉟ 長津功三良詩集
- ㊱ 鈴木亨詩集
- ㊲ 埋田昇二詩集
- ㊳ 川村慶子詩集
- ㊴ 新編大井康暢詩集
- ㊵ 米田栄作詩集
- ㊶ 池田瑛子詩集
- ㊷ 遠藤恒吉詩集
- ㊸ 五喜田正巳詩集
- ㊹ 森常治詩集
- ㊺ 和田英子詩集
- ㊻ 伊勢田史郎詩集
- ㊼ 鈴木満詩集
- ㊽ 曽根ヨシ詩集
- ㊾ 成田敦詩集
- ㊿ ワシオ・トシヒコ詩集
- (51) 高田太郎詩集
- (52) 大塚欽一詩集
- (53) 香川紘子詩集
- (54) 井元霧彦詩集
- (55) 高橋次夫詩集
- (56) 上手宰詩集
- (57) 網谷厚子詩集
- (58) 門田照子詩集
- (59) 水野ひかる詩集
- (60) 丸本明子詩集
- (61) 村永美和子詩集
- (62) 藤坂信子詩集
- (63) 門林岩雄詩集
- (64) 新編原民喜詩集
- (65) 新編濱口國雄詩集
- (66) 日塔聰詩集
- (67) 武田弘子詩集
- (68) 大石規子詩集
- (69) 吉川仁詩集
- (70) 尾世川正明詩集
- (71) 岡隆夫詩集
- (72) 野仲美弥子詩集
- (73) 葛西洌詩集
- (74) 只松千恵子詩集
- (75) 鈴木哲雄詩集
- (76) 桜井さざえ詩集
- (77) 森野満之詩集
- (78) 坂本つや子詩集
- (79) 川原よしひさ詩集
- (80) 前田新詩集
- (81) 石黒忠詩集
- (82) 壺阪輝代詩集
- (83) 若山紀子詩集
- (84) 香山雅代詩集
- (85) 古田豊治詩集
- (86) 福原恒雄詩集
- (87) 黛元男詩集
- (88) 山下静男詩集
- (89) 赤松徳治詩集
- (90) 梶原禮之詩集
- (91) 前川幸雄詩集
- (92) なべくらますみ詩集
- (93) 津金充詩集
- (94) 中村泰三詩集
- (95) 和田攻詩集
- (96) 藤井雅人詩集
- (97) 馬場晴世詩集
- (98) 鈴木孝詩集
- (99) 久宗睦子詩集
- (100) 水野るり子詩集
- (101) 岡三沙子詩集
- (102) 星野元一詩集
- (103) 清水茂詩集
- (104) 山本美代子詩集
- (105) 武西良和詩集
- (106) 竹川弘太郎詩集
- (107) 酒井力詩集
- (108) 一色真理詩集
- (109) 郷原宏詩集
- (110) 永井ますみ詩集
- (111) 阿部堅磐詩集
- (112) 新編石原武詩集
- (113) 長島三芳詩集
- (114) 柏木恵美子詩集
- (115) 近江正人詩集
- (116) 名古きよえ詩集
- (117) 新編石川逸子詩集
- (118) 佐藤真里子詩集
- (119) 河井洋詩集
- (120) 戸井みちお詩集
- (121) 金堀則夫詩集
- (122) 三好豊一郎詩集
- (123) 古屋久昭詩集
- (124) 佐藤正子詩集
- (125) 川端進詩集
- (126) 桜井滋人詩集
- (127) 葵生川玲詩集
- (128) 今泉協子詩集
- (129) 柳内やすこ詩集
- (130) 新編甲田四郎詩集
- (131) 大貫喜也詩集
- (132) 今井文世詩集
- (133) 中山直子詩集
- (134) 林嗣夫詩集
- (135) 柳生じゅん子詩集
- (136) 原圭治詩集
- (137) 森田進詩集
- (138) 水崎野里子詩集
- (139) 比留間美代子詩集
- (140) 内藤喜美子詩集

◆定価1540円（税込）